na intimidade do silêncio
Cintia Brasileiro

ABOIO

na intimidade do silêncio

Cintia Brasileiro

*Às mulheres dilaceradas
desde meninas.*

A ninfa das águas	15
O olhar de Medusa	21
Meu naco de céu	26
Uma fatia da história	33
Ao que tudo indica	36
Outra fatia da história	40
Passaporte carimbado	45
Na cama ao lado	48
Não era dura nem de capotão	52
Saudade não tem repouso	55
A folha	60
Micro-organismos e bolinhas de gude	65
O trem e o mar	69
As musas	76
O direito ao grito	83
Parque dos dinossauros	87
Somente para iniciantes	91
Nascidas em 1946	95
O vaivém das recordações	99
A caça e o casamento	103
Achados e perdidos	106

Pois o que se apresenta como revelação aos nossos olhos, aos nossos ouvidos, guarda insondáveis camadas do não visto e do não dito e eu digo do não escrito.

Conceição Evaristo

Mãe, meu nariz sangrou na escola. Parecia que uma bomba tinha caído na sala de aula. Senti no ar o pavor que tomou conta de todos. Dentro de mim, tudo fervia. A professora congelou, não queria se aproximar e não sabia o que fazer com o lenço que tremia nas mãos dela. Eu também não sabia. Ninguém queria tocar em mim, mãe. O ventilador estava quebrado. Lá fora, um sol de rachar mamona, aí meu sangue escorreu pela minha boca, carteira, manchou meu uniforme e gotejou até o chão. Na sala, trinta crianças e a professora, e eu estava só. Peguei o lenço da mão dela, mãe. Tampei meu nariz, saí correndo em direção ao banheiro e desejei nunca mais ter que voltar.

A ninfa das águas

Faz mais ou menos uma semana que estou me preparando para este dia. De vez em quando, pego o endereço anotado no bloco vermelho e releio só para ter certeza de que não vou me perder. E, de vez em quando, uma angústia me acompanha até o chuveiro e escorre morna, a conta-gotas, pelo ralo.

Mesmo que por um instante, toda pessoa que conheço já desejou ter outro nome, outros pais, menos três quilos, ser um pouco mais alta ou mais baixa, quem sabe? Talvez queira morar em outro país, ou ter direito a nascer de novo e a calçar 35 para facilitar a compra de um novo tênis.

Almejei por quase tudo isso, perder alguns quilos não me faria mal e o 38/39 nos pés tem me acompanhado desde os treze anos. Sobre ter outra vida, isso é algo que desejo mais vezes do que gostaria.

Enquanto as buzinas lá fora parecem brincar de passa ou repassa, confiro quinze vezes meus papéis e documentos. Guardo tudo com cuidado, depois boto o pé na cadeira. Cruzo as duas partes do cadarço do All Star preto e gargalho quando vejo meu zigue-zague fashion terminar em orelhas de coelho. Minha professora do primário ficaria orgulhosa.

Jogo algumas balas de hortelã no bolso externo da mochila e lanço uma piscadela para o porta-retrato ao lado do sofá-cama. Passo pelo espelho com minha cara lavada e esperançosa, ouço a porta ranger ao meu toque, insiro a chave com gosto pelo buraco da fechadura, dou duas voltas e saio pela rua.

A garoa paulistana vai pouco a pouco chegando; não a convidei, mas está determinada a me acompanhar. Acelero os passos enquanto lembro que deixei as minhas inseguranças no quarto fazendo companhia ao guarda-chuva de poá que a dona Dora me deu.

Nada de interessante acontece até o meio do dia. Na avenida, algumas crianças descalças se entreolham, riem e pulam nas poças d'água que não podem alimentar, mas distraem bem os encharcados pela fome.

Meu almoço é um misto-quente com suco de laranja, o famoso da promoção, depois percorro

as
    escadas
        do metrô
            com
                a mesma
                    leveza
                        das bolhas
                            de sabão

Ao meu lado, corpos acelerados fazem cócegas no ar.

                              eu
                    flutuo

É gostoso esse arrepio que percorre meu corpo. Meu coração borbulha! O ir e vir de tantos desconhecidos é reconfortante. É bem melhor que andar de bicicleta

> sem as mãos,
> burburinhos, risos,
> olhares atravessados ou
> qualquer palavra maldita
> por um conhecido qualquer.

Entro no metrô suando mais do que jogador de futebol numa grande final com cobrança de pênaltis. Assisti à final da Copa do Mundo de 94 ao lado do meu avô. Calejei meus ouvidos com os berros do narrador, mas foi eletrizante ver o Baggio chutar a vitória para fora do campo.

Um não gol e é tetraaa, Brasil! Uma das raras vezes que vi meu avô ir ao céu.

O sorriso no rosto dele me abraçou, sufocante. Quem diria, a bola voejou rumo ao nada pelo estádio do Rose Bowl, na cidade de Pasadena, Califórnia, onde as seleções italiana e brasileira eternizaram O MOMENTO em que o próprio camisa 10 da minha família pulava enlouquecido em cima do sofá da sala.

E é tetracampeão, tetracampeão!

Meu nariz está coçando. Sinto uma pizza se formar debaixo do meu braço esquerdo.

Vô! Tem pelos nascendo no meu sovaco.
Não é sovaco. Fala direito, menina!
Está fazendo o que na escola?

No vagão do metrô, seco as palmas da mão com um lenço. Vovô nem percebeu, mas escolhi esse talismã de cor azul na gaveta do armário — foi um pouco depois de me mudar para começar a faculdade. Era meu aniversário naquele dia. Eu podia ter pedido para ele, mas fui lá e surrupiei.

O ruído do metrô me conduz ao passado, a porta abre, mãe e filha se sentam. Fico hipnotizada, a menina deve ter uns cinco ou seis anos, no máximo. Cabecinha baixa, olhos vivos e castanhos, jardineira jeans com camiseta branca. Bochechas fofas. E uma tiara coroando seu cabelo tom de amêndoas todo arrumado e coberto por gel. Elas se sentam do outro lado, em frente a mim.

Ainda não sei quem chegou primeiro no vagão, se foi a mãe ou seu perfume. Mergulhada em uma avalancha de sensações, emerjo com o solavanco do metrô, que segue.

Filha, tá na hora do almoço.
Tô indo, mãe.

Talvez elas estejam indo ao pediatra ou ao dentista; o corpinho angustiado da menina indica que nem de longe é dia de passeio. A mãe dela me olha e meu coração descarrilha. Ela cinge a pequenina nos braços e lhe entrega um ursinho surrado, daqueles recebidos como herança. Parece, ou talvez eu queira que ele assim seja.

A velocidade nublada das janelas do vagão afronta a paisagem que aprisiona meus olhos nesse bailar de pequenos cuidados. Minha boca seca suplica por uma bala de hortelã e a mãe cheira o cabelo da filha enquanto a bala, nem ardida nem doce, dança com a minha saliva.

Sem pressa, vários beijos se misturam a um *eu te amo* que sai baixinho em direção ao pé do ouvido da menina.

Estico	*bem*
meus	*braços*

como se estivesse me espreguiçando. Na verdade, quero mesmo é afanar aquela declaração de afeto com a palma da mão. Não-deu-não. Ela sorri timidamente para a mãe e lhe oferece um *eu te aminho* com aroma tutti frutti. Vou chamar a garota de Ana, tem cara de Ana.

Caramba!
Não posso descer no lugar errado.

A mãe da Ana sorri, deve ser minha cara de cachorro sem dono. Talvez minha roupa engraçada — ou nada. Ela deve ser apenas simpática mesmo. Escolhi uma camiseta estampada, isso também chama atenção — ou não. Aperto o lenço do vovô; ela sorriu, sim, mas foi para a filha.

Falta só uma estação.

Próximo ao local da entrevista de emprego, ainda posso sentir o perfume floral impregnado em minhas narinas. Fecho os olhos e respiro fundo. Ouço ecoar, nos meus pensamentos, a voz do metrô:

Estação Paraíso!

Guardo o lenço do vô no bolso esquerdo da minha calça jeans. Peço licença à pequenina Ana, pego emprestado dois beijinhos e uma pitada de

Eu te amo.

Chego ao endereço sem me perder nem me atrasar, apresento meu RG, cadastro minha digital e fico aguardando na recepção. Uma mulher de terno preto se aproxima.

Lia?
Sim.
Me acompanhe, por favor.

Entro na sala do RH.

O olhar de Medusa

Levo um senhor puxão pelo braço esquerdo após ser atingida pelos faróis de um caminhão baú. Pá! Volto com tudo para a calçada, sinto um tranco e, meio de ré, vejo a mulher que apareceu do nada. Ela me traz de volta. Pá! Arremessa uma bronca na minha cara, esfrega o sinal vermelho — para pedestres — no meu nariz. Meu celular vi-i-i-bra, incansável.

Um frio-navalha viaja por mim. Ainda atordoada, atravesso pela faixa, dou mais alguns passos, ajeito meu cabelo e o short jeans. Passo pela porta, sinto o ar-condicionado provocando um arrepio com efeito dominó nas minhas pernas recém-depiladas, bambas e grossas.

Abro a bolsa: o que eu mais temia aconteceu, Sheila furou comigo. Desmarcou nosso cinema por mensagem já que não a atendi. Não há nada que eu possa fazer, mas sei bem o que me diria dona Dora.

Faça mais amigos, Lia.
Ou arranje um namorado.

Armageddon, A máscara do Zorro, O advogado do Diabo. Essa foi uma época tão boa, recheada de grandes bilheterias e, claro, também foi o ano em que fui ver meu primeiro filme para "gente crescida". Parecia inacreditável, mas *Titanic* foi o filme de maior bilheteria de 1998 e meu primeiro longa.

Semana a semana, a fila para a matinê do cinema aumentava. Dava volta no quarteirão. Ficou mais de um mês em cartaz. Muitas pessoas encaravam a fila pela sétima, oitava, nona... Eu estava ali pela primeira vez.

O alvoroço era grande perto da praça, mas não, não era Natal. Tudo aquilo era para ver a estrela do ano. Ou melhor, o astro. O galã. O Léo. Na década de 90, na minha pequena cidade, o cine era a bola da vez.

Todas as meninas e meninos da minha escola estavam sem adultos a tiracolo. A maioria deles já havia "assistido" ao filme, mas queria bis. Afinal, com mais de três horas de duração, não era de se espantar como todos, não acompanhados pelos pais, estavam animados para o que ocorria antes, durante e depois da matinê.

Dona Dora me aguardava sentada no banco da praça. A fila estava comprida demais. Ficar em pé para comprar os ingressos fazia parte da minha procissão. Naquele dia, ainda na fila para obter as entradas, recebi pela Marina, minha colega de classe, duas figurinhas enviadas pelo João Paulo.

Me afoga em seus braços macios.
Beijo de áries é ardente. Prove!

Não existia lugar melhor para encostar as cabeças e ir um pouco além das carícias na mão. Dividir pipoca era gostoso, mas o que todos na minha idade queriam de verdade, dentro ou fora do cinema, era sentir aquele frio na barriga ao enroscar a língua em outra boca fresca com hálito de bala Icekiss sabor menta ou cereja.

Meu avô nunca entraria comigo no cinema, ainda mais para assistir a um filme tão meloso e demorado.

Você pode falar com a dona Dora.
Se ela puder ir com você,
eu te dou o dinheiro.

Não posso nem imaginar a cara do seu Pedro ao ver o Jack desenhando o nu artístico da sua musa. E quem não se lembra da cena da mão feminina escorregando com toda a sensualidade pelo vidro, quando Jack e Rose inundam a tela com a primeira vez deles, dentro do carro a bordo do Titanic? Sorte a minha que a dona Dora nunca falou comigo nem com vovô sobre as cenas "proibidas" para menores.

Leonardo DiCaprio afundando, a Kate Winslet azulada de tanto frio e eu assistindo ao filme mais romântico e triste do ano com minha vizinha viúva, na fileira do meio — e longe de qualquer outra mão ou boca da minha idade. Tudo bem. Ver o filme era melhor do que nada. E a coitada da dona Dora não tinha culpa por estar se afogando em lágrimas comigo no refrão de *My Heart Will Go On*.

You're here, there's nothing I fear,
And I know that my heart will go on.

Em São Paulo, sem companhia, num dos maiores shoppings da América Latina, entro na fila para assistir à minha primeira pré-estreia em 3D. Imagino uma voz masculina que vibra ao acompanhar meus passos, subo a escada rolante e me dirijo ao cinema. Ele declama os últimos versos da Céline Dion, como aqueles locutores que, no final do dia, liam as traduções das canções internacionais.

Você está aqui, não há nada que eu tema,
E eu sei que meu coração vai continuar.

Escolho mentalmente outra trilha sonora, agora com a voz do Arnaldo Antunes. As estações passam por dentro de mim, caminho sem pressa pela praça de alimentação, escoltada por um sussurrar com gosto de velha infância.

Você é assim
Um sonho pra mim
Quero te encher de beijos.

Noto uma adolescente toda decidida e inquieta na fila da bilheteria. Cabelos pretos, mechas ruivas e uma trança bagunçada, vestida de short com meia calça preta rasgada, camisa xadrez e bota coturno cano baixo. Ela paga meia-entrada, compra pipoca, refrigerante e sua boca vermelho-espelhado realça o lápis preto delineando seu olhar felino de aflição.

Durante os trailers de ação, acho que seu pescoço vai quebrar. Ela está ofegante e não para de olhar para a porta.

Afinal, quem vai chegar, ou melhor,
por que ela não sai de uma vez?

O filme está começando, mas percebo quando ela passa a trocar mensagens lacrimejadas pelo celular.

Sentada na fileira à minha frente com seus óculos 3D acomodados no colo. Parece uma presa acuada, uma cativa na primeira sessão da noite. Sem amigas, sem paquera, sem irmãos, sem primas — e sem um pingo de vontade de estar ali.

Na metade do filme, o lanterninha se aproxima e convida a garota a acompanhá-lo. Ela se levanta com o rosto ainda úmido, iluminado pela cena violenta que extrapola a telona. Nossos olhos se cruzaram de relance. A solidão dela atravessa minhas lentes — coloridas e quadriculadas — e me rasga por dentro. O desespero da mocinha sem nome grita sem censura e ressoa em mim.

Nos meus pensamentos, tocam os mesmos violinos chorosos do Titanic que em outros tempos vi afundar. Então, a menina marcha pelo corredor escuro com luzes vermelhas, sempre dois degraus após o lanterninha. Aqui, na sala três, meu corpo congelado sem salva-vidas quer entender o porquê.

Não fico até o fim da sessão.

Do lado de fora, do outro lado do hall, junto à parede com os cartazes dos próximos filmes, um garoto alto e magrelo tenta segurar a mão dela. Dos olhos borrados de rímel e lápis preto escorrem um choro-luto. A boca vermelha e semiborrada não diz nada.

Sentados cercados por duas mulheres, não estão a sós. Os adolescentes se levantam. Como uma pancada dada pelo Mike Tyson, o olhar de Medusa da dupla adulta em direção à barriga da menina me atinge. Fico sem a companhia da Sheila, sem pipoca, sem um final. É nocaute para a noite das meninas.

Por um instante, desejo segurar a mão da dona Dora.

Meu naco de céu

Os convidados pouco a pouco vão chegando. Os que vieram de carro estão bem arrumados; quem anda de ônibus e metrô, como eu, está no banheiro se retocando. Sheila me empresta um batom vermelho e diz, na minha cara, que está na hora de aposentar meu gloss com glitter.

Joana Medeiros, a diretora do colégio particular onde trabalho, foi quem aprovou minha contratação. E passou a me aconselhar sempre que me encontra na sala dos professores.

*Leve uma lembrancinha, tire uma foto com
o aluno e ninguém vai perceber se você
for embora antes dos parabéns.*

Ela nem podia imaginar o quanto eu gosto de festas infantis, principalmente do momento de cantar os parabéns. Quando todos se reúnem em volta da mesa do bolo com doces, eu me permito apertar um botão-ficção e parar o tempo. Então, por alguns instantes, posso ocupar o lugar do aniversariante.

Não tive muitas festas de aniversário. Não foi culpa minha nem do vô Pedro.

Minha última festa-festa, de verdade, foi da Moranguinho. Eu tinha cinco anos. Convidamos amigos da rua e da escola, professora, amigos de trabalho dos meus pais, madrinha de batismo, até os parentes de segundo grau.

Nunca mais fui tão abraçada.

Meu vestido era vermelho com listras brancas e babados na barra. Usei meia-calça bege, sapatilhas de verniz e chapéu com laço.

Que graça!
Dá uma voltinha, Lia!

Todos os presentes ficavam sobre a cama de casal, até as meias. Eu sorria, recebia com as duas mãos, abria o embrulho e não podia deixar de agradecer, mesmo que fosse um pacote de calcinhas. Não tinha essa de ter alguém para colocar os nomes nos embrulhos.

Que boneca!
É a cara da mãe!

Os papéis de presente eram jogados embaixo da cama. Uma espécie de simpatia para atrair mais e mais embrulhos. Pelo menos nessa festa, o ritual funcionou.

O bolo de aniversário não era falso, era um retângulo que ocupava boa parte da mesa da cozinha. Daqueles para comer, meter o dedo na beirada, repetir e poder levar para qualquer "ente querido" que resolveu ficar em casa.

Guaraná-maçã, refrigerantes de um litro verdes, pretos e laranjas; balas de coco com franjas vermelhas e brancas; beijinhos, cajuzinhos e brigadeiros. Tudo bem espalhado para decorar e rechear a festa com aromas, borbulhas, sabores e tentações.

Mãos abelhudas de todas as idades voejaram sobre a mesa.

As bandejas circulavam pela casa e pelo quintal, ora no alto, ora mais embaixo. A altura delas estava à mercê da simpatia (ou da antipatia) de quem servia.

Os doces roubados eram os melhores.

Filei brigadeiros durante o pega-pega e ganhei uma bela dor de barriga na manhã seguinte. É que não resisti à maria-mole que vinha dentro do saco surpresa com a língua de sogra, pirulitos coloridos, balas, apito e chicletes.

Foi o melhor dia da minha vida, mãe!

Ninguém escapou do chapeuzinho-cone com elástico que vivia teimando em arrebentar, nem o vovô. As fotos comprovam. Quando olhei para todo mundo cantando *parabéns pra você*, bailei com as palmas, pulei com os gritos e soprei a vela. Nenhum lobo mau poderia botar defeito.

É hora, é hora
É hora, é hora, é hora
Rá-tim-bum!

Sinto o cheiro de pipoca.

Vovô amava pipoca! Futebol para ele era sinônimo de pipoca. Aos poucos, como fogos de artifício, acompanho o milho e seu desabrochar no carrinho estacionado na lateral do salão. A cada estouro, um flash salgado e doce estrondeia minha memória doce e salgada.

Com quem será? Com quem será?
Com quem será que a Lia vai casar?

É verdade que houve uma pausa após a cantoria, não lembro qual dos meninos passou por essa saia justa comigo. Fiquei hipnotizada, os olhos da minha mãe brilhavam mais do que a Estrela Dalva quando lhe entreguei o primeiro pedaço do meu bolo.

Sinto uma pontada no peito. É tarde demais para me arrepender de ter aceitado o convite do meu aluno. E cedo demais para ir embora.

Contemplo a decoração de circo, devoro as batatas fritas, um mini-hambúrguer e um enrolado de salsicha. Recordo o alerta da minha mãe.

Cuidado com a comilança, filha.
Olha o tamanho dessa barriga!

A música da Xuxa cessa e uma das monitoras do bufê infantil toca uma trombeta.

Estátua!

No quintal da minha meninice, meus ouvidos eram acionados por outra buzina, a buzina vermelha que seu Joaquim tocava ao percorrer o nosso bairro. Mesmo aposentado, o amigo de longa data do vovô Pedro precisava ganhar um extra.

Pi-co-lééé!
Separei três de morango e
um algodão-doce no capricho, seu Pedro.
Hoje não precisa me dar troco, Joaquim.
Deus te abençoe, meu amigo.

Em outras ocasiões, como no dia do aniversário do menino Jesus, o velho camarada da nossa família era mais conhecido como "o Rei Congo Joaquim Trovoada". E realizava seu cortejo elegante com sua capa e coroa pelas ruas da cidade.

Fuzuê, fuzuê, fuzuá
Quando chega a festa santa
Faz meu coração chorar.

Ele desfilava na companhia da rainha, das princesas, dos congos, da bandeira e do mastro. Todos embalados pelas caixas, pandeiros, sanfonas, cavaquinho, tamborim, adufes e violão.

A minha mãe era uma das princesas.

Queria poder ligar para ela.

O corre-corre da criançada faz cair a minha ficha. Na festa do meu aluno Jonathan, em volta da máquina de algodão-doce, está boa parte do público que adora brincar com a imaginação. O olhar curioso da molecada rodopia.

É mágica, tio?

Tem que ser. O giro dos cristais de açúcar é um espetáculo à parte, a escolha da cor, a velocidade das linhas dulcificadas… é o balé da fabricação.

Basta lamber as pontas dos dedos
para cessar meu grude-grude.

Acho que é isso que o doce algodão recomenda para cada criança que sai correndo da fila. Meu olhar pidonho alcança um coração bondoso. Fernandinha vem saltitante com dois palitos de algodão-doce e me entrega um.

Pra você, tia.
Obrigada, querida.

Sem pressa, deixo cada pedaço derretendo dentro da minha boca grande enquanto meu paladar infantil se diverte nas nuvens com meu naco de céu.

Chegou, chegou, tá na hora da alegria
O circo tem palhaço, tem, tem todo dia.

Uma bandeja cai. Copos e pratos se espatifam no chão. Um grito arrebata meu transe.

O aniversariante está assustado. Tromba no garçom, bate no pai e tenta se soltar dos braços da mãe. Desesperada e sem graça, em vão, Miriã, a mãe do pequeno mágico, busca acalmar o garoto. Ela não sabia, acho que ninguém podia imaginar: os palhaços contratados para um pequeno show eram o pior pesadelo do menino.

O aniversariante vermelho-roxo, afogado em seus soluços, faz birra no meio do salão. O dono do bufê troca a música e os artistas são convidados a aguardar na cozinha.

Para os adultos, mais uma rodada de cerveja bem gelada. Para as crianças, refrigerante e muito cachorro-quente. Os pais do aniversariante tentam colocar panos quentes naquela constrangedora situação.

Helena, a avó do menino, entrega-lhe um boneco, acho que um super-herói. Aí, senta-se no chão segurando outro brinquedo e passa a se divertir sozinha, sem dirigir uma palavra ao neto. Aos poucos, como um gato manhoso, ele vai se aproximando da avó. Num piscar de olhos, está no colo dela.

Passados quinze minutos, de barriga cheia e ânimos acalmados, todos estão ao redor da mesa principal. Menos a dupla de palhaços.

O menino Jonathan, de sete anos, está recuperado do choque, seus pais estão bem felizes, e as crianças, bem ansiosas para receber a lembrancinha.

Parabéns pra você
Nesta data querida
Muitas felicidades...

Em respeito ao aniversariante, não aperto o botão, o momento é dele. Todo dele. Merecidamente dele. Eu até me iludo em meio às dezenas de balões coloridos, mas, findada a cantoria, o primeiro pedaço não vai para a vovó, a mamãe ou para o pai do menino. Ai, ai, ai! Vai para uma pequena, a Julinha.

O bolo é de chocolate com recheio de Prestígio, meu favorito. Como meu pedaço e, por um minuto, pouso a mão na minha bochecha. Acaricio o lugar que um dia acolheu uma marca de lábios vermelhos e cintilantes.

A cerveja acabou.

Engulo essa lembrança com a ajuda de um copo de guaraná.

Uma fatia da história

Plá-plá. O Pirata latiu. Plá-plá-plá. Ele correu para a porta. Plá-plá-plá-plá. A cadência de palmas tão animada não parecia anunciar um vendedor ou um pedinte. As idas e vindas do cachorro me atropelavam pela sala. Plá-plá-plá-plá-plá! Abri a porta desconfiada, dei de cara com uma mulher de vestido longo e florido esperando no nosso portão.

Ela ainda não sabia meu nome naquela manhã de domingo. Nem tinha nosso telefone. Não deixava as chaves dela com a gente, às pressas, para ajudar a irmã no sul da Bahia. Nem batia na porta três vezes (sempre) pedindo licença antes de entrar. Ela apenas tinha se mudado para a casa ao lado.

Com um sorriso ardente, como o sol do meio-dia, ouvi a voz de dona Dora pela primeira vez.

Bom dia, menina! Eu vim me apresentar.
Vovô não está, foi comprar pão na venda.

Foi a única coisa que consegui falar. Então, ela se sentou na nossa mureta e perguntou o meu nome. Respondi baixinho, no alto dos meus oito anos, olhando fixo para o chão.

Não sei como, ela colheu meu burburinho no meio das flores e hortaliças cultivadas na frente de casa pelo vovô Pedro. Dona Dora me disse que Lia era um lindo nome. E me entregou pelo muro um bolo de fubá que ela havia preparado.

O cheiro de erva-doce atravessou o pano alvejado que cobria o prato. O aroma-efeito-hipnótico extraordinário fez morada em mim. Ainda estava quente, por isso segurei firme pelas beiradas. Recebi com as duas mãos, como vovô me ensinou. Além do bolo e da alegria, dona Dora deixou um recado.

Diga a seu avô que volto mais tarde.

Naquele dia e pelos anos seguintes, a presença diária de dona Dora em nossa casa se tornou tão natural como tomar café pela manhã. No começo, vovô achou a viúva bastante entrona. Falante demais, adiantada demais, colorida demais e perfumada em excesso.

Mas seu Pedro foi se acostumando com aquela senhora toda cheia de simpatia. Viu que não era nada de mais ser educado com ela também. E, mesmo sem jeito, nunca recusou seus mimos culinários repletos de axé.

Dona Dora morava sozinha, mas não era uma pessoa desamparada. Valdir, seu único filho, havia se mudado para os Estados Unidos assim que completou vinte e um anos. O rapaz, sempre que podia, mandava carta, dinheiro e presentes para a mãe. Ele ligava uma vez por mês e a visitava a cada dois anos.

Por muito tempo, Valdir insistiu em levá-la com ele. Confesso que essa ideia sempre me dava frio na barriga. Dona Dora gargalhava alto e dizia que o lugar dela era ali. Que não era mais mocinha para recomeçar a vida tão longe dos seus costumes e temperos. Mesmo assim, a viúva agradecia com ternura a preocupação do filho pedreiro — que tanto a orgulhava por ter seu trabalho reconhecido fora do país.

Ela aparentava conhecer bem o gosto de ter sido solitária. Era sabedora dos custos de não ser senhora do próprio nariz. Acho que levou ao menos quatro décadas para se tornar a dona Dora que a gente conhecia.

No fundo, no fundo, lá no fundo, penso que ela queria dizer ao filho que ali, no interior de Minas Gerais, havia encontrado para si o sentido que o rapaz ainda buscava lá no famoso norte do continente americano. Até hoje carrego na carteira a primeira nota de um dólar que o Valdir me deu.

Ainda há pouco, passei um café e comi um belo pedaço de bolo de fubá com erva-doce. Esse velho conhecido me fez pensar que essa senhora de riso fácil teve que brigar feio com a vida para então poder fazer as pazes com o mundo.

Arrebatada pelo aroma vindo do prato com o restante do bolo morno em cima da minha mesa, receita da velha vizinha, percebo o quanto ela me conhece, como ninguém. O engraçado é que não conheço um terço da vida de dona Dora.

Ao que tudo indica

Cara a cara, ou lado a lado, penso que a gente nunca se cansa de fugir da morte. Um pouco mais de dez horas depois daquela ligação que ninguém, nem mesmo nas histórias de ficção, gostaria de receber, eu estou de volta, aconchegada num abraço.

Não sei como os profissionais de saúde suportam esse tormento de conviver entre as notícias boas, alarmantes, milagrosas, preocupantes, pândegas ou anestesiantes. Ao que tudo indica, por recomendação do meu avô, nossa vizinha de rua e amiga mais próxima adiou ao máximo o telefonema interurbano.

O problema é que o médico plantonista da noite anterior disse à dona Dora que talvez não fosse bom esperar por mais um milagre.

A hora derradeira de me despedir daquele senhor de quase 90 está cada vez mais próxima.

Em dezembro do ano passado, durante os festejos da época de Natal e Réveillon, vovô já dava sinais de um terrível cansaço físico e mental. Em alguns momentos, a memória lhe escapava como uma pipa na mão de um menino correndo pela rua. Mesmo assim, ele saboreava toda aquela ventania.

Não era raro seu Pedro me confundir e me chamar por Luciana; ela era minha mãe. Em algumas ocasiões, mesmo que me doesse tanto, dava linha ao carretel da confusa memória do vovô. Ele abria um sorriso arregalando sua dentadura e conversava por horas a fio.

Quando ele me fazia perguntas difíceis, sobre coisas da infância que não gosto de falar, mudava de assunto. Dava-lhe um beijo demorado na testa e ia buscar um copo de água lá na cozinha. A seco, eu engolia o choro durante o caminho e colhia água fresca no filtro de barro — para nós dois.

Depois de tantos anos, ouvir o nome da minha mãe era tão estranho. Uma mistura de amor e aflição. Eu me lembro dela, nem muito nem pouco. Mas, justo hoje, não sei de fato o que me incomoda mais, a possibilidade de ser parecida com ela ou o ciúme dessa saudade que faz seu Pedro me chamar de Luci.

Nem sei se ele ia me reconhecer.

Vovô Pedro era sogro da minha mãe, mas a tratava como um pai. Experimentaram um afeto verdadeiro. Raro. Tinham um elo natural, daquelas amizades improváveis e sem explicações. Muitas vezes vi vovô repetir, às gargalhadas, como meu pai ficava enciumado.

Ei, seu filho sou eu, viu?!

Logo que nasci, papai já ficava pouco tempo em casa. Fazia propaganda de produtos farmacêuticos. A estrada foi seu verdadeiro lar. Ele era alto, magro, de um caminhar elegante e aromático. Os trajes bem passados e engomados deixavam-no ainda mais galante. Seus olhos de mel carregavam uma dor agridoce que contrastava com seu cabelo castanho. Meu pai podia conseguir tudo o que queria. Bastava pedir "por favor" com aquele olhar bossa nova.

Nas últimas semanas, seu Pedro de Oliveira se tornou um paciente permanente da Santa Casa de Misericórdia.

Valdir, o filho da dona Dora, é que me buscou na rodoviária. Está visitando a mãe por estes dias. Não consigo pensar em nada para falar durante o trajeto até o hospital. Ele com certeza tem receio de deixar algo triste escapar.

Penso em ligar o rádio. Olho a cidade pela janela, estralo os dedos da mão, um a um. Pego uma bala de hortelã, abro o vidro do carro alugado, mergulho a bala na boca e deixo o ar que corre pela janela nos desafogar.

Entramos na rua Ouro Preto, sinto disparar meus batimentos e ressentimentos. Vejo passear pelas minhas retinas o buzinaço que começava na esquina da minha primeira morada. O sorriso capaz de enlaçar nossos corações saudosos era o do meu papai que descia do carro segurando firme sua maleta de trabalho.

Eu e mamãe saíamos de casa em disparada; da calçada, os vizinhos podiam apreciar nossa alegria que corria pela rua, de um lado para o outro, estonteante, como um cão ao receber seu dono.

O percurso não dura mais de dez minutos. Desço do veículo agradecendo ao Valdir pela consideração e me despeço dele com um nó na garganta, olhando fixo para baixo. Consigo lhe oferecer apenas um forte aperto de mão.

Informo meus dados na portaria, assino os papéis de praxe, colo no meu vestido preto florido um adesivo com meu nome e o número do quarto do vovô. Com força, ajeito bem colado, do lado esquerdo do peito.

Lia Martins de Oliveira.
Quarto 102.

A recepcionista interfona para o quarto, pede que dona Dora venha à recepção para que eu possa entrar. Apenas uma acompanhante é permitida na Unidade de Terapia Intensiva. Olho de relance pela janela lateral.

Aonde tudo isso nos leva?

Imponente, lá fora, num ipê-amarelo, vejo e ouço um joão-de-barro cantar de peito aberto. Ali, na recepção do hospital, percebo que muitas famílias, de todas as formas e tamanhos, estão reunidas. Há mais ou menos duas décadas, a minha se resume a nós três: vovô, nossa vizinha e eu.

Permaneço aconchegada nos braços da dona Dora, sem pressa, como a Aninha do metrô de São Paulo. Sem nenhum constrangimento, minhas lágrimas de menina banham meus sentimentos e os dela.

Eu não quero chorar na frente do vovô.

Outra fatia da história

Dona Dora me liga cedinho num domingo. Diz que precisa me entregar um presente. Eu a convido para vir passar uns dias comigo aqui na capital. Ela recusa e, decidida, diz que me aguarda na sua casinha — com um delicioso bolo de fubá. Ainda definiu a data.

No próximo sábado, sem falta, mocinha.

Desliga o telefone com a mesma pressa que me ligou.

Que caixa seria essa?

A gente já tinha resolvido tudo sobre as coisas do vovô. Parece que foi ontem, mas meu avô faleceu há dois anos. O funeral foi discreto. Os conhecidos da rua, amigos de profissão (vovô era carteiro aposentado), dona Dora, Valdir, alguns colegas do baile da terceira idade e eu.

A semana ficou longa. Nem mesmo as aulas da pós-graduação na Escola de Comunicação e Artes, minha maior motivação para me mudar para São Paulo, conseguiram me fazer esquecer a ligação da dona Dora.

Compro a passagem na segunda-feira. Na terça, arrumo a mala. Na quarta, corto o cabelo. Quinta, faço minhas unhas e passo no shopping para comprar uma lembrancinha para ela. Na sexta à noite, após cumprir a semana como arte-educadora do colégio e mestranda da USP, pego o metrô para ir até a rodoviária do Tietê.

Durmo a viagem toda, ou melhor, apago; às seis da manhã, quando abro os olhos, é sábado. Eu pego um táxi até a casa de dona Dora. Fico encantada com a foto da família do motorista colada no painel do carro. Aí, meio sem jeito, me olhando pelo espelho retrovisor, ele dispara uma pergunta.

Não se lembra mesmo de mim, Lia?

Ele mal termina de pronunciar meu nome e começamos a rir. Era o Gustavo, melhor amigo do João Paulo, minha paquera da matinê. Fomos da mesma sala até a sexta série. Em seguida, eu ganhei uma bolsa de estudos na cidade vizinha. Aí, acabamos perdendo contato. O Gu se casou com a Marina, a cupida do cinema.

O filho deles vai completar três anos na próxima semana. O pai babão aproveita o trajeto para me contar todas as artes do pequeno Gabriel. Mesmo assim, não consegue disfarçar enquanto procura por qualquer vestígio circular, prata ou dourado, de algum compromisso nas minhas mãos.

Dobramos a última esquina. Chegamos ao meu destino antes que ele tenha tempo de me fazer um constrangedor interrogatório. Em pé, com a mala na mão, contemplo o número 137 da rua Tiradentes, mas evito olhar para a casa ao lado.

Na calçada, o aroma de erva-doce me convida a entrar. Bato palmas para matar saudades de um tempo em que a alegria em pessoa pedia licença enquanto passava pela minha porta. A casa azul-celeste com janelas amarelo-sol e repleta de flores bem cuidadas só podia pertencer àquela mulher, a dona Dora.

Enfeitada com seu avental todo colorido e bordado à mão, ela abre a porta. Menos ligeira do que quando eu era apenas uma moleca com rabo de cavalo. E me abraça forte, ali mesmo. Um beijo molhado e estralado se afunda na minha bochecha.

Dona Dora me belisca em meio às violetas, rosas, onze-horas e margaridinhas.

Só assim para você vir, menina!

Coloco minha mala perto da porta da sala. Delicadamente, dona Dora me puxa pela mão e me mostra o quarto de visita todo arrumado. Em cima da cama estão uma toalha branca bordada com bico de crochê e os sabonetes artesanais de alecrim e sálvia. Tudo feito por ela. Dona Dora fez cursos no centro comunitário, o local onde me encontrei pela primeira vez com os pincéis e as telas.

Numa caixa de papelão, no canto do quarto, um choramingo afável se soma aos ruídos desajeitados de patas de filhote que vêm ao encontro do meu olhar curioso. É uma cadela, neta do meu falecido Pirata, a Piratinha.

Que fofa, dona Dora!

Sem demora, o cheiro de café se mistura ao aroma do bolo de fubá. Saio do banho pronta para saborear as histórias contadas pela minha melhor amiga, que me serve uma fatia de bolo, mais outra. Daí, segura minha mão e diz que precisa me entregar a caixa do seu Pedro.

O presente, é verdade!
É por isso que estou aqui.

Com passos cadenciados, dona Dora vai ao seu quarto e pega uma caixa velha de chapéu masculino.

Isso é coisa do seu avô.
Não me pergunte nada.

Dona Dora me aconselha a abrir a caixa em outro momento e me convida para caminhar com ela até o mercado do filho do seu Geraldo.

Quero comprar mais alguns ingredientes
para nosso almoço e ração para Piratinha.

Pelo caminho, dona Dora me explica que respeitou o último desejo do meu avô. Ele queria que ela me entregasse aquela encomenda somente após sua partida. De preferência, um bom tempo depois da morte dele. Agora, após dois anos de adeus, dona Dora acha que chegou a hora de levar a caixa comigo. Ela não quis me mandar pelo correio com receio de que a correspondência se extraviasse.

Sabe como são os dias de hoje.
A gente não pode confiar em mais ninguém.

Assim que dona Dora e Piratinha vão dormir, coloco a caixa em cima da mesa. Desfaço o laço verde oliva com cuidado e abro a caixa lentamente. Tem dois bolos de cartas amarrados com cordões, um menor e outro maior.

No caminho de volta, domingo à noite, no ônibus, ouço uma voz baixinha de menina que insistia em não dar boa noite à sua mãe. Eu me lembro de alguns trechos de uma das cartas da caixa. Cada monte é de um remetente diferente. O maior é do vovô, o menor é da Luciana, minha mãe.

Adormeço com uma carta na mão.

Passaporte carimbado

Três anos antes de entrar para faculdade de Artes, resolvi fazer um intercâmbio. Como meus pais haviam falecido quando eu ainda era criança, meu avô depositava parte da pensão deles numa poupança para mim. Para garantir meu futuro, dizia.

Prestes a terminar o Ensino Fundamental, comecei, com a ajuda da dona Dora, uma campanha acirrada para convencer seu Pedro a me deixar viajar e estudar em outro país. Eu me planejei por mais de um ano, pesquisei agências e conversei com outras garotas que estudaram fora do Brasil.

Mantive as notas altas durante o primeiro ano do Ensino Médio. Fiz trabalho voluntário. Conversei com meus professores. Vendi rifa para completar o valor da passagem. Angariei o máximo de aliados possíveis para conseguir essa viagem. Eu queria muito estudar no exterior.

Estava no segundo ano do Ensino Médio quando meu futuro, minha modesta poupança, virou meu vale-presente.

Com meu passaporte em mãos e a mala feita, vi seu Pedro segurar o choro na porta da sala. Ele resistiu bravamente. Não quis me acompanhar nem até a rodoviária. Confiou a Valdir e a dona Dora a missão de me escoltar até o Aeroporto Internacional de São Paulo, em Guarulhos. Vovô não passou mal porque era Pedro. Como uma rocha, aguentou firme.

Estudei francês e inglês. Trabalhei como babá meio período para a família que me hospedou em Vancouver. Fiquei no Canadá pouco mais de um ano. E, nas férias escolares, viajei por um mês pela Europa com o pessoal que me recebeu durante aquele intercâmbio.

Sempre quis uma nova chance, longe da minha cidade natal e da morte dos meus pais. Depois de mais de dez anos, essa era a primeira vez que

eu não era vista
ou sequer lembrada
como a filha da Luciana
[e do Carlos].

Sim, cuidei das crianças, esse era meu trabalho. E foi graças a ele que pude estudar com certo conforto, pratiquei inglês, francês, e não deixei de aproveitar as viagens e cada café da manhã de hotel durante as férias pelo velho continente.

No penúltimo dia da nossa estada em Paris, fui ao Museu do Louvre. Eu estava sozinha. Fiquei hipnotizada com tantas telas e obras de arte famosas.

Ainda menina, sempre ouvia falar de um deus amargurado que seria o senhor dos homens. Parei em frente a um quadro e meus olhos borraram a pintura. Ele havia sido pintado por volta de 1642 e apresentava um jogo delicado de sombra e luz que evidenciava as rugas de São José enquanto os pequenos dedos iluminados segurando a vela irradiavam a pureza do filho e o amor do menino-deus.

— *Que saudade, vô!*

Do nada, uma senhora de meia-idade segurou minha mão. Não me disse uma palavra sequer, apenas me fez companhia.

Ficamos ali, unidas pelas mãos, contemplando São José Carpinteiro; obra criada pelo artista francês Georges de La Tour.

Até hoje não sei de onde surgiu aquela senhora, nem se ela era turista, como eu, ou apenas uma francesa fora do prumo, mas achei de uma delicadeza angelical o gesto dela.

Aos poucos, fui ficando mais calma e com a emoção menos turva.

Ela sorriu para mim.

Antes de partir, aquela senhora desconhecida me estendeu um pequeno pacote de lenços de papel. Que eu, no frescor ingênuo da minha juventude, achei que nunca iria precisar numa simples visita ao museu.

Na cama ao lado

Alice foi muito desejada por Sheila e Caio. Agora, ele me liga aflito e me pede para ir até o Hospital e Maternidade Santa Joana. Fico pensando qual mimo devo levar; isso tudo é tão estranho.

Sheila foi baleada no colégio, o autor do disparo foi Otávio, um dos nossos alunos do Ensino Médio. Sheila pariu desespero e uma cria de trinta e quatro semanas. Vê-la saindo desacordada naquela ambulância despertou em mim velhos fantasmas.

Roupas, brinquedo, livro de banho, flores, naninha, bombons, cartão. Eu não sei o que devo comprar. Deve haver um limite entre o respeito pela dor e o celebrar de uma nova vida.

Mas qual?

Nem tenho tempo para imaginar como se pode ser feliz após levar um tiro e acordar com uma bebê no colo.

Lia, por favor, venha.
Sua amiga precisa de você.

Quando pequena, não poder ver minha mãe com frequência latejava algo estranho dentro de mim. Saudade e agonia.

Hospital não é lugar para criança.
Eu volto em três dias.

Mas logo que chegava em casa, após agradecer a dona Dora, e me alimentar com notícias sobre Luciana, seu Pedro sempre nos falava de um rapaz. Um dos colegas de quarto da minha mãe. Ele se chamava Juliano.

Ele era pele e osso. Vovô dizia que parecia estar sempre com roupas maiores ou menores para o tamanho dele. Acho que era um pouco mais velho que a mamãe, mas só um pouco.

O moço come e fala como um passarinho, coitado.

Uma vez, o ouvi dizer a dona Dora que Juliano parecia ter sido alvo de zombarias bem antes de chegar ao hospital da capital mineira. Foi internado muito machucado. Ele levou um açoite. E morava na rua quando essa brutalidade aconteceu.

A coça com cabo de fio de antena retalhou o seu corpo, talvez tenha atingido sua alma. Seu coração ficou estilhaçado. Não havia nascido em Belo Horizonte e apanhava da vida quase todo dia. Juliano foi expulso de casa pelo próprio pai ainda menino-moço.

Tem que aprender a falar como homem, moleque!

Escutei quando vovô sussurrou para dona Dora que apenas outro rapaz passava por lá para ter notícias dele, mas nunca entrava para vê-lo.

Quando me permitiam visitar mamãe, meu olhar curioso se encontrava com o do Juliano. Um dia, minha língua escapuliu e flechou o jovem homem. Ele só não caiu de susto, pois já estava acamado.

Aposto que não gosta de gelatina verde.

Juliano mirou o pote intacto, até quis sorrir. Em seguida, ele me olhou com a ternura de quem não sabia como suportou tudo aquilo.

Aposto que sua favorita é de morango.

Peguei meu caderno de desenhos. Sentei-me na cadeira ao lado dele e começamos a conversar — como duas crianças. Eu me lembro de ver vovô nos espiando, mas mamãe balançou a cabeça e segurou a mão do seu Pedro como quem diz: "deixa eles".

Ele desenhava como ninguém, mas seus olhos de jabuticabas maduras, medrosos e inquietos, pareciam gritar por socorro o tempo todo.

Está com medo, moço?
Não, pequena.

Chovia muito forte nessa tarde. Em Beagá, relâmpagos rasgavam o céu cor de chumbo — sem piedade. Ele parecia ficar meio trêmulo quando ouvia os trovões. Por sorte, eu tinha uma barra de chocolate comigo. Dividi com ele. Meio a meio. Juliano me ajudou a traçar um arco-íris. E fez várias dobraduras com pedaços coloridos de papel.

Pronto! O tsuru é para você, Lia.

Voei pela primeira vez nas asas dos origamis; foi enquanto me separava, sem saber, da minha mãe e fazia companhia ao menino da cama ao lado, que também se despedia de mim e da vida. Lá no fundo, penso que meu amigo buscava um lugar ao qual pertencer.

Vô, pintei a borboleta pro Ju.
O senhor pode levar?

Vou ao banheiro da maternidade, lavo o rosto, dou uma boa encarada no espelho e saio.

Ela vai amamentar agora.

É isso que a enfermeira me diz em frente ao quarto da Sheila. Entro ainda sem saber o que dizer. Para falar a verdade, Alice está atarracada ao peito da mãe.

Eu me sento na poltrona ao lado da cama, coloco minha sacola no chão e cumprimento minha amiga apenas com o olhar.

Lembro-me de algo que dona Dora dizia.

Lia, os melhores presentes
são aqueles que recebemos
sem data especial ou hora marcada.

Ela nunca esteve tão certa.
Ajeito meu bloco de papel no colo. Pego lápis 6B e 2B.

Não era dura nem de capotão

O sol avançava se divertindo com a gente naquela manhã. Eu estava brincando de queimada com as crianças da vizinhança no meio da rua. Meu suor escorria na testa e no meio das costas até o rego das nádegas. Meu arremesso ardia na pele dos meus rivais. Sem modéstia, eu era boa e muito veloz.

Henrique era um choramingas. Não sabia perder. Levou uma queimada daquelas e saiu todo zangado com a bola na mão. Acomodou a redonda na calçada e deu uma bicuda com tudo. A gente acompanhou a trajetória em arco. A bola meio murcha não era de capotão, era dente de leite. Ela não sorriu nem acenou para a gente, mas caiu depois do muro.

Sempre que ia capinar, vovô usava chapéu de palha, botinas e calça jeans mais grossa. Naquele sábado, ele não ia carpir os fundos de casa. Foi pegar a bola da Claudinha que caiu no nosso quintal. Ouvi um grito. Seu Pedro calçava chinelos de dedo com tiras azuis.

Não, ele não havia cortado o pé nem havia cacos de vidro ou cobras no nosso quintal. A gente tinha uma laranjeira e o mato nem estava tão alto. Pelo menos, foi o que ele me disse depois. Eu estava na rua com a molecada, tentando dar uns cascudos no Henrique, quando vovô gritou e vi dona Dora sair voando como um foguete para entrar na minha casa.

Liaaa, corre aqui!

Assim como as picadas de vespa e abelha, a picada do escorpião deixa a região inchada e avermelhada. A gente levantou a perna do vô. Minha vizinha ligou para emergência. Assistimos juntas à luta contra sua dor e o aumento da frequência dos batimentos do coração.

Por alguns instantes, a salivação aumentada do vovô e a falta de ar me deixaram paralisada. A ambulância não demorou a encostar do lado de fora. Os primeiros socorros foram prestados. Alguns vizinhos se mobilizaram e começaram a revirar o mundo atrás do escorpião.

Cida, a mãe da Cláudia, foi quem me arrastou para a casa delas. E tratou de tocar o restante da criançada, cada uma para seu próprio endereço. Dona Dora seguiu com a ambulância. Não posso dizer que minha relação com Deus era das melhores. De qualquer forma, resolvi rogar em pensamentos pela vida do meu "São Pedro".

Eu ainda não entendia muito de escorpião. O amarelo é o mais perigoso. Sua picada causa dor e dormência, podendo levar a náuseas, vômitos, suor e arritmias, principalmente em crianças e idosos. Isso eu pesquisei na biblioteca do município tempos depois de aprender a ler as sílabas e sem deixar a peteca da frase completa cair.

Joaquim, Geraldo e João, nossos vizinhos, capturaram o peçonhento, exibiram o bicho num vidro para todos que estavam no pronto-socorro. Em seguida, voltaram para minha casa, vasculharam cada cômodo e terminaram de limpar nosso quintal. Não encontraram mais nada, mas deixaram seis sentinelas.

Tô-fraco, tô-fraco, tô-fraco.

Geraldo comprou meia dúzia de galinhas-d'angola e deu de presente para meu avô. Predadoras e chocadeiras, quem diria. Até o Pirata, meu cachorro, aprendeu a respeitar as novas guardiãs do nosso quintal.

Um milagre aconteceu, o telefone tocou e a Cidinha atendeu. Tamanha foi minha felicidade ao saber que vovô passava bem que corri até a casa daquele moleque.

Henriiique!

Ele veio voando. Ofegante. Os lábios dele ensaiavam para me dizer algo, mas era tarde demais. Eu lhe dei um senhor soco na boca do estômago. Henrique caiu sem ar e de bunda no chão.

Sim, fiquei de castigo. Uma semana sem poder jogar queimada e nada de passar no fliperama aos domingos (por dois meses). Para minha alegria, ele ficou com a fama de chorão e de café com leite.

Saudade não tem repouso

Abro a caixa novamente no domingo à noite. Antes, tomo um banho quente e demorado. Precisava abluir o resto do cansaço da viagem à casa de dona Dora. O dia foi longo. Não por culpa das aulas da pós ou pelos meus alunos. Nem tão pouco pelos solavancos do ônibus. A caixa do vovô vinha revirando meu corpo.

Pego um copo de leite na geladeira e abro um pacote de biscoito recheado. Sigo um ritual antigo iniciado pelo seu Pedro. Separo cada biscoito em duas partes, uma sem recheio e outra com aquele miolo retangular de chocolate grudado. Vovô comia a parte sem recheio.

Nenhuma linha dele havia chegado para mim enquanto eu estudava no Canadá, mas todo mês recebia uma carta da dona Dora. E notícias do meu velho por tabela.

Não é que seu Pedro me escreveu?

Enquanto ajeito as metades de biscoito pelo prato, sinto um gosto salgado de lágrimas chegando à minha boca. Olho fundo para dentro da caixa velha de chapéu e apanho uma carta aleatória do vovô. Mordo uma banda do biscoito recheado, engulo um pouco de leite e abro o envelope.

A data no topo da carta
era daquele tempo que morei fora do país.

Além das cartas, vovô me deixou um bilhete, nossa forma especial de demonstrar afeto. O pequeno pedaço de folha de caderno acompanha os doze postais que eu lhe enviei durante o intercâmbio. Nele, vovô me agradecia pelo presente que eu lhe dei (antes de viajar). E me deixou um lembrete. Quando for impossível desfrutar o primeiro dia da semana

pelo sumo das laranjas no ar e bicicletas,
em meu país de memória e sentimento,
basta fechar os olhos:
é domingo, é domingo, é domingo.

Conheci Adélia Prado no colégio. Vilma, minha professora de Literatura, no início da aula, copiava alguns versos no canto da lousa verde. Era a mensagem do dia. Achei que vovô poderia gostar de ler algo assim enquanto eu estivesse morando fora. Pedi ajuda a Vilma e comprei o livro.

Meu avô tinha pouco estudo, mas uma caligrafia impecável. Sua letra de forma era inconfundível. Ele tinha uma elegância firme no tracejar das palavras. Na primeira página, me dava notícias sobre o Pirata. Meu cão andava triste com minha ausência. Havia ficado alguns dias sem comer, emburrado.

Como uma banda sem recheio, em homenagem ao vovô. Com a boca adoçada, leio a parte em que ele relatava, atencioso, a ajuda que dona Dora lhe deu para reanimar nosso cão.

Nossa vizinha sempre leva um pouco de alegria para nossa casa. Rabo de cão não mente. O cachorro agora só abana a cauda quando ela chega e bate na porta três vezes. Ontem, no final do dia, dona Dora trouxe carne de panela. Não posso dizer que só ele se lambuzou com aquele sabor todo. Pirata e eu repetimos. E lambemos o prato.

Logo no começo da segunda folha, seu Pedro me pedia desculpas por nunca ter tocado naquele assunto comigo. E, nas dezenas de linhas seguintes, vovô me contou como conheceu vó Rosa. Detalhou, sem dó, momentos dos anos de casado. E me revelou que não era viúvo.

Oi? Como assim ele não era viúvo?

[   ]

Essa carta tem mais de três páginas com ressentimentos que eu podia jurar que vovô sequer sabia que existiam.

Um dia cheguei em casa. No horário de sempre, após um longo dia entregando cartas. A porta da frente estava destrancada. As chaves dela estavam em cima da mesa da cozinha. As roupas da Rosa sumiram do armário. Restou um vestido longo que acenava para mim enquanto bailava com o vento pendurado nas cordas bambas do varal.

Ele sabia, sentia e pranteava escondido. Conviveu uma vida toda com aquilo. Respeitou a decisão dela e amou muito aquela flor que um dia resolveu ir embora.

Oito anos após aquela partida, Rosa lhe enviou um lembrete falante da sua existência. Com um par de olhos cor de mel, como os dela. Aquele menino magrelo e alto chegou ao seu endereço apenas com uma maleta e um bilhete.

Como outro biscoito e engulo de uma só vez o restante do leite.

Rosa fez um último pedido ao vovô, rogando que seu Pedro registrasse Carlinhos. E que nem tentasse encontrar qualquer vestígio ou rastro dela. Eu sempre soube que vovô guardava um vestido da vó lá no fundo do armário. E que no meio daquela roupa, longa e elegante, os poucos retratos dele com ela e dela com meu pai envelheciam juntos na gaveta da Rosa.

Mamãe nunca soube disso.

Um pouco depois do meu aniversário de cinco anos, meu pai Carlos me mostrou aquele esconderijo secreto das raras lembranças da vó. Seus olhos pareciam chuvosos. Ele disse sentir saudades do colo e da voz dela. É que vó Rosa cantava para ele uma canção de ninar.

Filha, ela parecia uma diva do rádio.

Foi papai quem me contou e me fez jurar, por tudo que havia de mais sagrado, que não diria nada daquilo ao vovô.

Nos domingos de tarde, como quem sente fome ou sede, eu me alento nessas cartas. Até posso rever vovô sentado num tronco velho embaixo da nossa laranjeira me oferecendo a tampa da fruta que ele descascava com seu canivete suíço de sete funções — de um jeito que era só dele.

Minha mãe achava estudo
a coisa mais fina do mundo.

Não é. Sei que foi a poeta Adélia que escreveu, mas foi vovô quem me ensinou, a coisa mais fina do mundo é o sentimento, o sentimento, sentimento.

Sua benção, vô!
Deus te abençoe, Lia!

Confiro as trancas da porta, apago as luzes e ajeito o despertador para 05:25. Na mesa de cabeceira, boto a moringa de água, presente do vô. Apago o abajur e me cubro apenas com meu lençol de poá fino e desbotado; não antes sem agradecer.

As cartas chegaram,
e na estação certa, seu Pedro.

Nem preciso contar as estrelas que pintei.
Adormeço com minha saudade vívida e o seu cheiro
[flor de laranjeira].

A folha

Nos primeiros meses após cada enterro, parecia errado me sentir feliz novamente, mesmo que por um instante. Seu Pedro queria me ajudar a colar meus cacos. Entretanto, ele ainda estava tentando descobrir como fazer isso com os seus próprios. Mesmo assim, me obrigou a voltar para a escola.

Naquela sexta-feira, voltei para casa sem chão. A novata não sabia. Professora Iracema havia se mudado há poucos dias para nossa cidade. Minha resposta saiu sussurrada. Praticamente colada ao piso de cimento queimado e encerado da sala de aula.

Bom fim de semana, Lia!
Para a senhora também, professora.

Carreguei minha mochila como quem é obrigada a transportar algo que pesa cem vezes mais do que seu próprio corpo. Não queria chegar à rua Tiradentes. Enjoava só de pensar em vovô lendo o título daquela tarefa no meu caderno de "para casa". Nem de longe aquilo poderia ter um final feliz.

Cheguei e corri para o quarto. Escondi a cartolina no fundo do armário. Troquei de roupa. Esquentei meu almoço. Obedeci a todas as recomendações dadas logo cedo pelo vovô. Ele não ia demorar.

Por isso, eu precisava pensar em algo — e rápido. Vovô sempre me acompanhava durante as lições da escola. Nem sempre me ajudava, isso é fato. Mas dizem que o que vale (mesmo) é a intenção.

Eu tinha sete anos e passei a tarde toda com as palavras da nova professora gritando no meu ouvido.

Desenhem sua família e escrevam uma frase
com a ajuda do papai ou da mamãe.

Não levantei a mão, encarei de frente todo aquele espaço em branco e o odor da naftalina.

Como desenhar seres vivos e não vivos?

Questão que se revolveu sozinha dentro da minha cabeça. Meu avô e eu éramos sobreviventes. A gente mal havia recobrado as forças para continuar naquele bairro.

Tão falando por aí que ele foi arremessado
para fora do Monza prateado.
A morte e o Carlos se encontraram naquela
curva perigosa depois da usina.
Rolou na ribanceira entre pedregulhos.
Devia estar embriagado, vai saber.
Também, nunca usava o cinto de segurança.
Seu rosto ficou todo deformado.
Coitada da menina!
Pobre Luciana.

O velório foi com caixão fechado, a falação do povo foi bem aberta. Papai viajava muito. Como todo propagandista farmacêutico.

Três meses após meu aniversário de cinco anos, o enterramos no Cemitério da Saudade. Carlos Seixas de Oliveira foi encontrado morto pelos socorristas. A notícia do acidente foi um grande baque — para todos nós.

No primeiro momento, o capotamento do carro comoveu a cidade inteira. Depois, mamãe e eu precisamos nos mudar para a casa do vovô, foi no mês seguinte à morte do papai. Seu Pedro passou a nos acompanhar até o hospital, fazia as compras, me levava à escola, ao parquinho e à aula de pintura no centro comunitário.

Por recomendação médica, meu avô separava nossos objetos dos da mãe. Vovô estava vigilante noite e dia. Lavava as roupas de cama, toalhas, talheres e copos, banheiro. Tudo o que mamãe tocava, seu Pedro discretamente ia lá e limpava.

Nesse período estávamos sem vizinhos dos dois lados. Nada de dona Dora. E o casal que morava em frente fingia que não conhecia a gente. Seu Pedro passou a usar luvas com frequência. Naquele tempo, as informações eram escassas. Medicamentos, tratamentos, tudo era experimental.

Na rua Tiradentes, número 136, as portas de casa sempre estiveram abertas para quem quisesse e precisasse entrar. No entanto, com a doença da mamãe, muitas portas se fecharam para nós. Vovô tirou forças Deus sabia de onde para me manter segura e perto da mamãe

— o máximo de tempo possível.

Em uma das cartas da caixa de chapéu, vovô me confessou que em muitos momentos rogou a Deus que Ele não levasse minha mãe. Pedia todo santo dia para trocar de lugar com ela. Na capela do hospital, seu Pedro pedia misericórdia pela alma do meu pai. E rezou fervoroso por meses à espera de um milagre.

O senhor e a Lia
testaram negativo, seu Pedro.
Infelizmente, o quadro da Luciana
exige medicamentos mais fortes.
Não recomendo que ela fique em casa.
Obrigada, doutor!
Vamos cuidar dos papéis
Para a internação dela em Belo Horizonte.

Foi isso que meu avô disse enquanto me segurava pela mão esquerda e apertava, com a direita, a mão do médico--chefe da Santa Casa.

Pude visitar minha mãe algumas vezes na capital. A respiração ofegante e o falar cadenciado contrastavam com seu olhar, que ainda esperava por um milagre. Na última vez, levei alguns desenhos, mais um retrato meu e dela que pintei com a ajuda da Martha, minha professora de pintura. Trêmula, mamãe segurou minhas mãozinhas e me deu um beijo demorado no meio da testa.

Mamãe enfrentou várias complicações com aquela doença e morreu de pneumonia, agarrada à nossa tela. Foi no dia primeiro de dezembro de 1990, sábado, às cinco da tarde.

Devota incansável de Nossa Senhora da Conceição Aparecida. Ela estava na última Ave Maria — segurando firme seu terço azul — quando a enfermeira percebeu

seu   não   mais

que   coração   pretendia   pulsar.

Fiquei sabendo pela extensão telefônica enquanto alguém falava com vovô.

Sábado, três meses depois do enterro dela, a sombra da dúvida sobre pedir ajuda (ou não) ao vovô me fez despertar doente. Levantei-me da cama apenas para correr até o banheiro. Tive febre alta e vômitos durante todo o final de semana.

Não fiz o dever de casa. Vovô não se lembrou de me perguntar sobre a tarefa da escola. Estava tão preocupado comigo que até me deu um filhote de presente, o Pirata. Ele me deu soro caseiro o dia inteiro, depois cozinhou sopa de letrinhas com frango desfiado. Na cartolina branca que ele encontrou "guardada" no fundo do armário, improvisou o desenho mais lindo que já vi.

Ainda tenho essa cartolina. Para falar a verdade, mesmo com muitos sinais da passagem do tempo, fui lá e a emoldurei. Ela fica no meu quarto, ao lado da porta. Assim, sempre que saio, eu posso levar aquele acalanto comigo.

Como o papel, a voz amarelada da professora às vezes ecoa dentro de mim.

*Desenhem sua família e escrevam uma frase
com a ajuda do papai ou da mamãe.*

Como ilustrar família em uma única frase?

Micro-organismos e bolinhas de gude

Corria, ou melhor, voava com minha velha-nova bicicleta. Vovô a comprou com uma nota promissória na loja de usados do seu João. Ela era azul Bic e sem rodinhas. Pequenina. Perfeita. E veio com um balão amarrado.

É brinde!

Não me importava nem um pouco ela ser de segunda mão, nem sabia o que isso significava. Tinha uma cesta branca e tudo! Fui dar uma volta no quarteirão. Como todos os colegas que tinham bike ou patins faziam pela manhã.

Pedalei o mais ligeiro que pude para alcançar minha turma. Dobrei a esquina com tudo. E, em câmera lenta, vi o Lucas deixar seu saquinho inteiro de bolas de gude se espalhar pela rua de terra com pedregulhos. A minha queda foi bem ardida.

Nem levou muito tempo para entender por que que tudo em mim ardia tanto. Não consegui frear. Derrapei junto com as bolinhas esverdeadas e raspei pernas, joelhos, mãos e cotovelos.

Meu balão estourou e, quando meu vermelho-sangue começou a aparecer, meus amigos correram rua afora. Pisquei e aconteceu um desaparecer geral, tudo orquestrado por um berro que o Murilo deu ao olhar aterrorizado para as gotas que borbulhavam e sangravam pelo meu corpo.

A mãe da Lia tem AAAIDS.
Salve-se quem puder!

Não era gripe, sarampo, piolho, rubéola, caxumba, catapora, herpes — nem febre amarela. A palavra não evapora, ele disse aids.

Minhas bochechas queimaram de vergonha. Não porque ele disse que minha mãe tinha aids. Era porque eu não sabia o que isso queria dizer. O pouco que sabia era que mamãe estava com pneumonia.

Eu e vovô, não.

Nesse dia, eu nem tinha completado sete anos. A rua, num piscar de olhos, pareceu ficar deserta. Então, puxei minha bicicleta e me sentei na beirada da calçada

— sozinha.

Algumas figurinhas de chiclete, tazos, bonecas, heróis e bolinhas de gude ficaram ali, abandonados, como eu. Apressadas, todas as crianças correram para suas casas. Meu corpo fervia de raiva, angústia, medo e dor.

Não demorou e vovô dobrou a esquina, vermelho, quase sem fôlego. Seu Pedro me olhou fundo nos olhos e escreveu no ar: estou aqui com você. Ele me ajudou a ficar de pé. Engoli o choro e olhei de volta.

Eu te amo, vô.

Ele leu meu pensamento, eu sei que o leu. Subi na minha bicicleta azul Bic, pedalei contra o vento ao lado do seu Pedro e, em algumas partes do caminho, empurrei minha bike.

Não trocamos
uma palavra
[sequer]
até em casa.

Depois do banho, vovô passou mertiolate em cada um dos meus ralados.

Fuuu, fuuu, fuuu, fuuu, fuuu, fuuu.
Vai arder só um pouco, filha.
Já, já passa, viu?!

Ardia
Do-eu
-ía

Ardia
Do-eu
-ía

Ai-ai-ai

Ainda
— Dói!

O trem e o mar

Eu não estava sozinha quando cheguei à estação. Janaína, sobrinha da dona Dora, foi quem me buscou na rodoviária de Beagá e depois me acompanhou até a bilheteria do trem.

A gente se conhecia desde meninas, e eu adorava trocar papel de carta e segredos com minha amiga da capital. Jana passava os feriados na casa da tia, assim os pais dela podiam ganhar um pouco mais no fim do mês.

Ela era apenas dois anos mais velha do que eu e era evidente que sabia muito mais da vida.

Deixe um dinheiro trocado e fácil de pegar, não dê trela para quem parece ser simpático demais, principalmente rapazes. A viagem até Vitória dura em média treze horas. Se for tirar um cochilo, deixe sua bolsa bem apertada debaixo do braço. Ouviu, Lia?

Fiz que sim com a cabeça. Conseguimos tomar um café com pão de queijo, falamos um pouco sobre tudo; depois, ela me abraçou forte e seguiu para o trabalho.

Jana era a filha mais velha do seu Clementino, o irmão caçula de dona Dora. Ela queria fazer curso de Jornalismo na UFMG. Durante o dia, Janaína era auxiliar de dentista, e à noite ia para o curso pré-vestibular.

Janaína queria ser repórter e a primeira mulher da família a ter um diploma. Por dois anos ela ficou na lista de espera.

Havia acabado de voltar do intercâmbio, queria fazer Artes Plásticas e ia prestar três vestibulares naquele ano, um deles em Vitória. A passagem de trem era mais barata e a palavra de ordem era economizar.

Sim, eu conhecia Vitória e essa não seria minha primeira vez em território capixaba. Todo final de ano, vovô, eu e dona Dora costumávamos passar uns dias em Guarapari, também conhecida como a praia dos mineiros.

A excursão era organizada pela dona Dora e suas amigas do crochê. O pagamento era feito pingado, um pouco por mês; para não ficar pesado para ninguém. Assim, uma vez por ano, eu podia ver o mar.

Como a gente sempre passava por Vitória, eu ficava hipnotizada quando o motorista seguia pela famosa Terceira Ponte. O nome verdadeiro é Ponte Deputado Darcy Castello de Mendonça, mas todo mundo fala Terceira Ponte.

Vovô morria de medo de altura, dizia que as fundações da ponte balançavam muito. Dona Dora não dizia nada, mas de Vitória a Vila Velha ela apertava minha mão tão forte que parecia que íamos atravessar a Marginal Tietê.

O Convento da Penha, em Vila Velha, foi o primeiro ponto turístico que visitei na vida. Não dá para explicar o que senti naquela altitude toda e com aquela vista única para o Oceano Atlântico.

Eu pintei uma tela com essa memória.

Mamãe amava Guarapari. Vovô me contou que ela e meu pai passaram a lua de mel na Praia do Morro. A mesma onde tomei meu primeiro caldo quando completei nove anos.

Vovô era um exímio nadador, o problema era que ele ficava todo vermelho, coitado. Eu e dona Dora não tínhamos esse problema. Nem por isso ela me deixava ficar sem protetor.

Quando eu tinha três anos, mamãe me levou para tomar banho de cachoeira. Na praia, foi seu Pedro quem me acompanhou e morreu de rir ao me ver fazer uma conchinha com a mão e bebericar o mar.

Dona Dora ficava sentada na areia, molhava os pés caminhando e regava o corpo com meu baldinho. Ela dizia que a vista já valia a viagem. Vovô não queria me botar medo nem me encorajava em demasia; ele me deixava ir, mas sem me perder de vista.

Naquela manhã, não havia muitas pessoas na estação nem no trem. De qualquer forma, mandei mensagem para ele e para dona Dora.

O ir e vir era algo que muito me agradava. Ser desconhecida nos lugares me trazia um certo conforto. Aproveitei o trajeto para ouvir música. Ganhei um MP3 player do casal canadense, um presente de despedida.

A mãe do Henrique, o chorão da bola, montou uma lan house para ele tomar jeito e ter algo para fazer na vida. Dois dias antes da viagem, dei uma passada por lá e salvei as nacionais mais tocadas dos anos 80 e 90.

Não lembro o nome da cidade onde o trem parou para embarque e desembarque, só lembro que fui comprar um lanche e um café, ali mesmo, no restaurante do trem.

Guardei o MP3 na bolsa.

Era quase meio-dia. Da janela, dava para ver que até as nuvens tinham se escondido do sol. Lá fora, três meninos suados e magrelos estavam só de bermudas, daquelas que ficam com a criança até virar shorts ou vão parar no corpinho de um irmão mais novo.

Dei um gole no café puro enquanto uma música do Cidade Negra tocava na minha cabeça.

Desde a antiguidade
As coisas estão assim, assim.

Uma menina maior segurava a mãozinha de outra pequenina. Elas recolhiam algo à beira do trilho que eu não consegui reconhecer. Enquanto a locomotiva retomava a toada, fui alcançada por um pedido que entrou com tudo pela janela, eles queriam comida ou qualquer trocado que eu pudesse jogar.

As moedas, moedas, era isso o que as meninas recolhiam do chão. Foram doze meses longe de qualquer situação semelhante àquela.

Pensei na família que me empregou no Canadá, nas crianças, escolas, museus, parques, ruas, cidades e teatros que conheci. Aos poucos, a vista da minha janela mudou e dentro de mim era outra a canção que retumbava, uma dos Engenheiros.

Um dia me disseram
Que as nuvens não eram de algodão.

Não quero levar flores, já falei pro vô.
Mãe, sinto muita saudade da senhora,
mas se Deus existe mesmo, tomara que
Ele faça meu pai arder
no inferno.

As musas

São sete e dez da manhã, o sino ressoa alto e forte. Os alunos da sexta série A estão muito animados, como um bando de maritacas. Conto a eles que vamos realizar uma atividade com máscaras de gesso, tintas e colagens. Antes, só preciso ler a lista de presença, aí todos vão poder voar com suas ideias para o pátio.

Conheci pessoas homônimas a minha vida toda, mas hoje, na letra L, o nome da nova aluna fica engasgado, a boca não me obedece e, sem jeito, pronuncio *Luciana Martins de Oliveira.*

Presente, professora!

Com a reposta vivaz ressoando lá do fundo da sala, desabo mesmo estando sentada. Finalizo a leitura com Yasmin Ferreira de Gusmão, fecho meu diário de classe, descanso a caneta de quatro cores na mesa, ajeito meus óculos, pego minha bolsa e, como um zumbi, caminho até o corredor.

Bom dia, Lia! Tá tudo bem?

Encontro a Rute, uma espécie de faz-tudo do colégio. Dou a entender que minha menstruação havia descido e peço que ela fique com minha turma por alguns instantes.

Vou até o banheiro, na sala dos professores, tranco a porta e desço a tampa da privada. Sentada, fecho os olhos com a esperança de conter a barragem prestes a arrebentar.

**Lá-
-gri
-mas**

**Jor-
-ra
-ram**

Uma corrente de memórias vem à tona. Entre mala, mostruário de medicamentos e brinquedos ainda embalados — a perícia também encontrou um exame. Mamãe teve que procurar um médico para realizar alguns testes.

Foi tudo tão rápido.

Em menos de quinze dias, o tabuleiro de xadrez das nossas vidas estava todo revirado. O rei caiu. E minha rainha poderia tombar também.

Seu teste deu positivo, dona Luciana.

Em 1989, não havia cura para o vírus do HIV e ela tomava em média 18 medicamentos por dia. Com essa sentença de morte, foi falecendo bem antes de recebermos seu atestado de óbito.

O micro-organismo não foi a causa da morte da minha mãe, foi sua porta de entrada. A grande questão era:

*Como cessar um vírus
que se alimentava de vida?*

A notícia se espalhou ligeira como o próprio vírus pelo mundo. Cidade pequena tem dessas coisas, nada permanece em segredo. Da noite para o dia, os boatos começaram a se espalhar como um rastilho de pólvora. Éramos os novos leprosos. Todos tinham receio de se aproximar de nós.

Mamãe vivia resfriada. Quase não saía da cama. E nem de casa. Nós três ficamos praticamente isolados, até quando estávamos em locais repletos de gente. Ninguém sabia muito sobre aquele vírus novo.

Enquanto isso, mamãe não parava de emagrecer. Amigos, minha madrinha Fátima, vizinhos, colegas da escola, as companheiras e clientes do trabalho da mamãe. O fantasma da morte nos furtou o direito de conviver entre os seres vivos. Mamãe contraiu "o vírus".

Mergulhamos
no silêncio
das incertezas
por meses.

O nome da minha mãe era Luciana Martins de Oliveira. Todos a conheciam por Luci, como gostava de ser chamada. Mamãe era cabeleireira. Uma artista. Trabalhava no Salão de Beleza da Bethe desde que completou quatorze anos. Começou como manicure auxiliar.

Meus avós maternos morreram de febre amarela. Ela era apenas um bebê quando eles foram enterrados. Com menos de um ano de vida, foi separada dos dois irmãos mais novos e adotada por uma parente de segundo grau.

Frequentou a escola até o colegial, um pouco a mais que a maioria de suas colegas. Naquela época, muitas crianças negras não chegavam nem ao fim do primário. Mamãe nunca mais teve notícias dos irmãos, sabia apenas que haviam sido adotados por um casal estrangeiro.

Luci sempre gostou de ter seu próprio dinheiro e amava sua profissão. Gostava mais de ouvir do que de falar, acho que isso aprendi com ela. Ao cortar os cabelos da clientela, Luci abria os ouvidos e o coração.

Ela escolheu a tesoura, o pente e o visagismo. Eu escolhi o pincel, a tela e poesia do mundo. Quando escolhi ser professora de Artes, sabia que ia viver muitas dores, mas sempre alimentada por um fio de esperança.

Não sei como meus pais se conheceram. Não sei mesmo. Ninguém nunca teve tempo de me contar. Então, presumi que meu pai, assim que se apaixonou por ela, tratou logo de colocar uma aliança no dedo anelar da mão esquerda (dele e dela). Ele tinha vinte e três anos, ela, dezoito recém-completados.

Luciana tinha um sorriso meigo, um caminhar apressado, covas nas bochechas e uma ruga de preocupação na testa. Eu herdei as covinhas, todo mundo acha um charme. Seus cachos viviam livres. Naquele tempo a gente passava gelatina incolor nos cabelos (ainda molhados) e reprimia um pouco a majestade das nossas madeixas.

A voz dela era bem parecida com a da cantora Nara Leão. Lembro mais, e ao mesmo tempo menos, dos seus ataques de raiva. Sim, ela sabia ficar brava. Uma baixinha charmosa e linha dura, era assim que meu pai a resumia. Carlos morreu no mesmo ano em que a musa da bossa nova.

Conhecia mais, e ao mesmo tempo menos, a história do meu pai. Apesar disso tudo, escondida no banheiro, ouvia minhas colegas de escola repetirem os dizeres dos outros adultos. Reduziam a um verme a mulher mais gigante que conheci.

Mulher tem de se dar ao respeito.
Ela é bonita, mas está estragada.
É mesmo uma mulher direita?

Entrei no banheiro uma menina jururu e saí uma garota solitária. Mamãe contraiu o vírus do marido, mas o assunto da cidade era ela. Não ele. O castigo com certeza era meu, por padecer entre essas duas histórias.

Desde Adão e Eva, a língua venenosa do julgamento é ferozmente mais ácida quando a mira está direcionada às mulheres.

Com minha mãe não foi diferente. Quem diria, perder o marido foi a menor das avarias. Caímos na boca do povo e foi como conhecer o inferno ainda viva.

O tempo não foi juiz nem justo.
Minhas cicatrizes continuam aqui.

Eu não odeio meu pai. Não mais. Apenas não alimento por ele um afeto incondicional.

Luciana, minha mãe, foi uma mulher que não azedou mesmo com todo esse sofrimento. O fio de tristeza que habitava em seus olhos me conforta, principalmente agora. Não, ela não foi guerreira. Foi divinamente humana.

Vovô e eu éramos os únicos dispostos a zelar pela mamãe. E não tivemos muito tempo para sentir o luto do meu pai. Tudo em nós estava meio adormecido, menos nosso amor por Luci. Às vezes, fico pensando qual teria sido o rumo das nossas vidas sem sua partida.

Durante minha adolescência, muitas vezes, escutei emprestada a fita cassete com canções da musa capixaba. Curei meus ouvidos com o som do walkman que pertencia à mamãe.

As vozes semelhantes da Luciana e da Nara embaralhavam minhas lembranças. Gostava de tudo, amava *Meu Ego*, cantada em parceria com Erasmo Carlos.

Me desencontre, não me prostitua
Se não seremos mais uma carcaça
Em desgraça por aí.

Seu Pedro não me esclareceu o que era HIV. Talvez porque ele não soubesse o que vírus da imunodeficiência humana de fato significava. Tão pouco me aclarou o que eram doenças sexualmente transmissíveis.

Eu tinha pouco mais de seis anos quando a situação da mamãe começou a se agravar. Então, uma noite, ele me deu um beijo suave na testa. Me cobriu com um lençol de poá coloridos. Acendeu o abajur ao lado da cama de solteiro e segredou:

Sua mãe está muito doente
e precisa descansar.
Durma bem, minha menina.
Vou cuidar de você(s).

Passados alguns minutos, minha chefe bate sutilmente na porta ainda trancada.

Lia, posso te ajudar?
Abra a porta, por favor.
Vamos conversar.

Penso em inventar uma mentira qualquer. Chuto para longe da mente essa possibilidade. Eu não conseguiria explicar o porquê. Levo as duas mãos à cabeça, respiro, abro a porta e o meu passado. Saudade do cheiro do cabelo, de ouvir a voz, de sentir orgulho, de ganhar um afago — fome de receber um beijo terno, de dizer, de gritar:

— Mãe!

Abraço a diretora Joana, depois ela me aponta a direção e me sento na cadeira. O silêncio se desfaz. Em meio a soluços, jorro parte do meu passado no colo dela — aquela que não contei ao RH.

O relógio de parede bate nove horas. Minha maior cicatriz está reaberta, mas minha dor parece muito menor.

O direito ao grito

Sabe ler e escrever ou não sabe? Ler e escrever.
Banheiros? Um.
Condição de ocupação? Alugado.
Total de cômodos? Seis.
Grau da última série concluída? Ginasial.

Eu tinha uns onze ou doze anos quando meu avô recebeu um entrevistador em casa. Não me lembro de todas as perguntas que o homem fez, mas me lembro de vovô contando todo orgulhoso ao estranho que eu era muito inteligente, desenhava muito bem e tirava boas notas, até em Matemática. Vô Pedro ficou traumatizado, coitado. Estudar a tabuada comigo foi uma verdadeira prova de fogo.

Sou carteiro aposentado, moço.
Tomei muito sol e chuva na cabeça.
Passei a vida toda nessa cidade.
Essa mocinha já sabe mais do que eu.
É uma artista e vai longe.

Naquela mesma semana, tive aula de Biologia. O professor estava explicando algo sobre genética e, do nada, olhou para mim. Ele me usou como exemplo, ou melhor, como cobaia.

Como um experimento humano, lá estava eu — a bolsista no colégio particular.

Você é uma morena cor de jambo,
a mistura perfeita.

Perfeita para quem? Perfeita para ele vomitar seu pensamento sobre "a beleza" da herança genética do nosso país. Queria mesmo era me esconder embaixo da carteira. Mais uma vez, me tornei o centro das atenções e do falatório. Todos olharam para mim. Ou melhor, todos me encararam.

O pecado pode ter cor,
mas seria a minha?

Insignificante. Foi assim que me senti na aula de Biologia que deveria ter sido sobre genes e cromossomos.

Para o bem ou para o mal, ninguém nunca saiu ileso do diz-que-diz de uma cidade pequena. Perdi as contas de quantas vezes trombei com esses falatórios e ouvi o nome da minha mãe perdido nas esquinas da vizinhança ou no banheiro da escola.

O professor tinha dois sobrenomes estrangeiros, um irmão médico, pais fazendeiros e três filhos de olhos azuis. Uma babá para cuidar das crianças, dois diplomas, um casarão herdado com três banheiros — e um quartinho de empregada.

Quando ele era menino, no casarão havia uma excelente cozinheira, isso foi ele quem contou. Foi durante a festa anual do sorvete enquanto ele apresentava dona Dora aos demais professores da escola.

Ela me viu crescer, gente.
É praticamente da família.

Minha vizinha trabalhou por mais de trinta anos nessa residência. Havia chegado menina, nem tinha completado dez anos. Saiu de Santo Antônio da Barra, hoje Condeúba, para ajudar sua tia Josefa nos serviços domésticos. Seu "dever de casa" não era estudar, era enviar umas economias para amparar sua mãe e irmãos na Bahia.

O correto seria dizer que familiar era aquela situação para *praticamente* todas as irmãs, primas, tias, avós e bisavós da dona Dora.

Dia desses, na sala dos professores, no colégio onde trabalho, Zuri, uma aluna do Ensino Médio, abriu a porta com tudo! Estava trêmula e com a respiração ofegante, mas pediu licença para entrar. Mirou bem os olhos do professor de educação física:

Nunca mais me chame
de moreninha, ouviu?!

Eu sou negra.
E tenho nome:
é Zuri.

A estudante saiu pisando forte, o queixo erguido, os olhos acesos. A camisa (do Liverpool) ficou vermelha pelo professor, e seu corpo atlético ficou estático. O golpe foi corajoso e ligeiro, sem direito à revanche.

Meu peito estava quente. Na sala, cinco professores, inclusive eu, ficamos imersos naquele grito. Sim, esse deveria entrar para a história.

Eu sou negra.
Sou negra.
Negra.

Parque dos dinossauros

Fiquei contando as horas e, quando ela me chamou lá da calçada, eu não sabia que teríamos mais uma companhia. Naquele início de tarde, era outra menina que segurava a mão da dona Dora.

Eu estava louca para assistir ao filme *Jurassic Park* e a melhor vizinha do mundo ia me levar. Mas ela me pediu para esperar até o feriado daquela semana. Não tive alternativa, o jeito foi riscar os dias da folha de junho com X, X, X, X e X.

A garota chegou na quinta-feira. Um pouquinho maior do que eu, a criatura carregava um ar de valentia. O nome dela era Janaína, a famosa sobrinha da dona Dora que morava na capital. Minha vizinha não se cansava de elogiar a pirralha.

Parecia que finalmente a hora de a gente se trombar havia chegado. Confesso que, como pimenta cumari, o ciúme desceu rasgando na minha garganta, mas durou poucos minutos.

Fomos a pé até o cinema e, antes mesmo de chegarmos à bilheteria, eu já queria que aquela garota fosse minha amiga. Jana não me olhava torto nem me diminuía com suas palavras ou risinhos falsos.

Ela não sabia nada sobre mim nem sobre meus pais, mesmo assim, parecia que ela sabia tudo o que devia saber. Aquela menina instigante me via de verdade. Jana me convidou a enfrentar o mundo

— e de mãos dadas com ela.

Janaína e eu fomos comprar pipoca, balas e refri; enquanto isso, dona Dora se encarregou de comprar nossos ingressos. Ela nos fez jurar que não teríamos pesadelos com aqueles monstros. E disse que ia fechar os olhos, só para descansar. Mas ia mesmo era tirar um cochilo, sabe?!

Achei estranho, ela não costumava dormir durante os filmes a que assistíamos juntas. Aí, Jana me falou ao pé do ouvido que dona Dora devia estar morrendo de medo dos dinossauros.

A sessão começou-terminou e nem vi o tempo passar. Foi uma tarde iluminada pela velocidade da luz. A sexta e o sábado passaram como um relâmpago que rasga o céu em dia de chuva de verão.

Antes da nossa despedida, Jana e eu trocamos papéis de carta, endereços, confidências, fitas K7 com nossas músicas preferidas e fizemos uma promessa: não importava a distância ou o tempo que nos separasse, a gente sempre poderia contar uma com a outra.

Mês passado,
dona Dora disse que virei mocinha.
Meu irmão já beijou na boca duas vezes.

No sábado, na hora do almoço, dona Dora assou frango, fez macarronada, salada e nos ajudou a arrumar a mesa embaixo da laranjeira do meu quintal. O vô, dona Dora, Jana e eu almoçamos juntos. Fazia tempo que não comia assim, com tanta companhia e apetite. Vovô disse que nunca tinha me visto repetir três vezes.

Ajudamos com a louça. Jana lavou, sequei e guardei, vovô limpou o fogão e guardou as comidas na geladeira. Dona

Dora havia cozinhado e estava mimando o Pirata, fazendo cócegas na barriga dele.

Mais tarde, a Jana foi me ensinar a andar de patins na pracinha. Acho que não deu muito certo, foram tantos tombos que meu bumbum ficou parecendo uma tábua de passar roupas, ardido e plano, mas pelo menos minha nova amiga não riu de mim. Voltei pedalando e ela nos patins.

A prô disse que vai nascer pelo lá embaixo.
Um dia vou fazer uma tatuagem de verdade.

No caminho para casa, com as moedas que vovô nos deu, tomamos um sorvete de máquina, daqueles coloridos.

Sentadas na calçada, colamos tatuagens de chicletes em nossos braços e selamos nossa amizade com cuspe.

Vô, quando vai ser o próximo feriado?

Desde esse dia, praticamente todo feriado prolongado era dia de cair cedo da cama, voar até a rodoviária e esperar pela chegada da minha amiga que morava na cidade grande.

Quero pintar meu cabelo, ou cortar, sei lá.
Fiz minha primeira tattoo, gostou?

Quando comecei a usar sutiã-top, a gente corria para meu quarto e passávamos a chave na porta, assim era possível conversar longe das orelhas astutas de dona Dora e evitar que vovô nos pegasse de surpresa.

Jana, você já transou?

Não acredito que você ainda é BV, Lia.

Não queria que aquela menina de cabelo todo trançado fosse embora. Então, no domingo de manhã, pela primeira vez, desde que mamãe morreu, seu Pedro e eu não fomos à missa, fomos até a rodoviária.

Fiquei mandando beijos e acenos para a janela de número onze, onde minha nova amiga, sentada ao lado da dona Dora, retornava para sua casa em Beagá.

Um pouco mais de quinze anos depois de conhecer Jana, desembarco em Belo Horizonte pela manhã e trabalho num painel encomendado para o estúdio do programa apresentado pela minha amiga jornalista.

Desta vez, ela não pode ir me receber no terminal rodoviário de Belô. Estou um pouco ansiosa; no finalzinho do dia, Jana e eu vamos nos encontrar no apartamento dela.

Preparei uma surpresa. Pintei pequenos quadros de dinossauros para a Niara: a primeira filha da Jana está a caminho — e será minha afilhada.

Somente para iniciantes

Adoro ver as magrelas penduradas como um quadro. Há mais de três anos, passo em frente àquela vitrine, mas nunca entro. Sempre desço do ônibus e sigo a pé para o trabalho.

No chão, no display ou em suspenso, o acervo blindado pelo vidro ocupa quase a esquina inteira daquela rua. Não sei o que me deu quando saí do colégio. Eu juro! Fui apenas para comprar uma bicicleta.

O vendedor se chama Rodrigo e, depois de perguntar meu nome, sorri com os olhos e dá início à nossa conversa.

*Então, Lia, o primeiro fator a considerar
antes de qualquer coisa é a escolha da bike.
Afinal, ela vai ser seu principal instrumento
de aventura.*

O papo dele é bom e não consigo parar de pensar...

Que cara gostoso!

Barba feita, cicatriz no braço, ele parece ser bem confiante e deve ter uns quatro ou cinco anos a mais do que eu. Ele me apresenta sete benefícios do ciclismo para a saúde e eu fico ali, excitada, vislumbrando as trilhas do corpo dele.

Rodrigo está animado e anda entre as bicicletas enquanto manobra seus argumentos de venda.

*As bikes de alumínio são mais leves
e conseguem absorver melhor os impactos na trilha, mas, se
você quer um equipamento mais pesado, as bicicletas com
quadro em fibra de carbono são perfeitas.*

Evito fazer perguntas bobas. Fico meio sem graça e sinto meu corpo formigar cada vez que ele se aproxima. De repente, vejo várias fotos do Rodrigo com grupos de ciclistas no mural da parede — e uma delas com um postal do Canadá.

Penso em pegar meu lenço talismã (o azul que era do vô) para secar minhas mãos, mas a voz da Sheila troveja na minha mente.

Nem pense nisso, amiga!

Rodrigo me oferece um copo d'água e depois um café. Aproveito para perguntar sobre a foto e o postal que estão no canto direito do painel.

Ele me mostra alguns equipamentos de proteção, roupas apropriadas e me pede licença para tocar meu rosto e cabelo enquanto me auxilia nos ajustes do capacete.

Rodrigo tem mãos quentes. E me explica que as luvas servem para absorver os impactos e as vibrações do percurso, é claro. Faço de tudo para que não perceba minha afobação.

O Canadá é repleto de ciclovias, Rodrigo sabe, eu também. Ele me conta que conheceu Toronto e outras cidades dos arredores a trabalho, ao acompanhar um grupo de ciclistas brasileiros. Ele era o responsável pela manutenção das bikes.

Comento que estudei em Vancouver por um ano. Um cliente entra na loja e outra vendedora me acompanha até o caixa. Pago parcelado com meu cartão, pego a nota fiscal e um fôlder para ciclistas fora de forma, como eu.

O grupo é organizado pela loja e patrocinado por uma marca de roupa esportiva. É mais uma forma de manter os clientes por perto.

Faça novos amigos.
Vem pedalar com a gente!

Quero mesmo é um pretexto para manter o bate-papo com Rodrigo. Antes de ir embora, pergunto o que ele acha da trilha do panfleto "somente para iniciantes".

Essa trilha é uma atividade muito boa, Lia.
Mas é importante respeitar seus limites.
E nada de pedalar sem companhia, ok?

Posso até jurar, fui à loja achando que compraria apenas uma bicicleta.

Lia, dizem que a bike te auxilia
a conhecer o próprio corpo
e te dá aquela sensação de liberdade.

Saio dali repleta de acessórios, com uma squeeze laranja, um prazo de cinco dias para os ajustes da minha bicicleta e uma vontade louca de rever o Rodrigo.

Que tal vir com a gente no domingo, Lia?

Tive alguns ficantes nesses últimos tempos, mas nunca quis ser a namorada de ninguém. O único compromisso assumido por mim, até aqui, é o de não dar nenhum desgosto ao seu Pedro.

A relação-e-morte dos meus pais é como uma assombração. Sempre que me sinto feliz com alguém, o acidente do meu pai ressurge. O pesadelo tem sido uma espécie de mau agouro desde o primeiro

Posso te levar em casa?

Compro um filtro dos sonhos, atravesso a rua e entro no ônibus recordando minha trombada "acidental" com o Rodrigo na saída da loja.

E se ele tiver namorada?

Eu não tenho nada sério. Botei a cara no vento, ganhei o telefone dele e dois beijos suaves acompanhados de

Foi um prazer te conhecer, Lia.

BEIJO, quero um, dois, três…, mas na boca, e daqueles bem demorados. Entro no elevador sem me dar conta que apertei o número do meu andar. Por pouco, não esqueço minha mochila e a sacola com as compras ao lado da porta.

Me liga se tiver qualquer dúvida.

Viro a chave com uma dúvida boba dando voltas dentro da minha cabeça:

Ligo ou não ligo antes do nosso pedal?

Nascidas em 1946

Chego toda animada, pareço uma criança com o presente escondido atrás de mim. Vejo quando a água toma conta dos olhos que por mais de mil vezes abrigaram os meus. Dona Dora abre o embrulho sem pressa e pega *Ponciá Vicêncio* no colo.

Depois da morte do seu Pedro, a cada seis meses tento visitar dona Dora no interior de Minas Gerais. Numa dessas idas e vindas, levo essa surpresa de Natal, um volume do primeiro romance escrito por Conceição Evaristo.

Ela toca o livro como quem pega uma criança recém-nascida pela primeira vez. Acaricia a capa, entre fungadas e lágrimas, secas em um pano de prato que está no seu ombro. Ela folheia algumas páginas, seu braço está todo arrepiado.

Quando encontro coragem para dizer algo a dona Dora, ela respira fundo.

Lia, é lindo! Você pode ler para mim?

Ela me entrega o livro com o mesmo cuidado de uma mãe que confia seu bebê a outra pessoa. Ficamos lado a lado no sofá. Faço um carinho em suas mãos, depois passo os dedos pelas primeiras folhas e começo.

Quando Ponciá Vicêncio viu o arco-íris no céu, sentiu um calafrio. Recordou o medo que tivera durante toda a infância.

Dona Dora fecha os olhos, encosta a cabeça no meu ombro e me ouve com toda a atenção do mundo.

Se olhando nas águas, como se estivesse
diante de um espelho, a chamar por si
própria, ela não guardava ainda muitas
tristezas no peito.

Ela me faz um carinho no braço e me pede para retomarmos a leitura mais tarde, um pouco antes da hora de dormir. E me diz que sempre vê nas novelas que as mulheres têm um livro de cabeceira e que parece ser muito bom ler na cama.

Dona Dora ouve somente mais um trecho antes de me dar um beijo na bochecha e se levantar do sofá.

O pai de Ponciá é um personagem, mas em matéria de livros e letras, assim como dona Dora, nunca foi além do pouco saber que lhe foi permitido pelos donos da terra, do casarão e do dinheiro.

Ainda menina, ela aprendeu a decifrar o mundo e reconhecia as letras, os números, mas não conseguia formar as sílabas, muito menos as palavras.

A madrinha que a vida me deu sabe fazer as operações básicas de matemática e guarda todas as receitas de cabeça, assim como sua tia Josefa. Quando era mocinha, Tina, a babá das crianças e sua colega de trabalho, foi quem lhe ensinou a assinar.

Maria Auxiliadora da Silva.

Dona Dora me contou que foi assim que ela conseguiu tirar seus documentos. No mestrado, aprendi que Maria

Auxiliadora da Silva também era o nome de outra grande mulher, uma artista mineira que pintava para pôr cores vivas em sua existência.

> A sua forma
> [e a minha]
> de enfrentar o mundo
> era pelas imagens.

Maria Auxiliadora descobriu os tons da vida bem menina, entre a obrigação de tingir as linhas de bordar de sua mãe e os desenhos que fazia em carvão nas paredes da casa de madeira.

Já dona Dora encarava o dia a dia decorando as cores, as figuras, os ingredientes e as placas das conduções e, quando a dúvida era grande, disfarçava a vergonha com um sorriso puro e pedia ajuda. Menos para mim e vô Pedro.

Dona Dora esconde o choro, como tantas vezes eu fiz, e vai até a cozinha beber um copo d'água. Faço o mesmo caminho, dois passos atrás dela, ainda sem acreditar que depois de tantos anos...

Como nunca percebi?

Antes de começar o livro, queria ter dito que ela e a autora nasceram exatamente no mesmo ano, em 1946, e que Conceição Evaristo é mineira, assim como eu. Queria ter contado mais sobre as vivências daquela escritora negra e como ela estava reescrevendo nossas histórias.

À noite, terminamos a leitura. Ouço dona Dora dizer que não tinha medo de arco-íris como Ponciá. E que sua mãe também lhe pedia para evitar passar por baixo de um, senão ela poderia virar um menino.

Dona Dora achava graça disso quando era pequena, e confessou que, desde sempre, sente calafrio é quando pensa no dia da própria morte.

Ameaço fechar o livro, mas ela me pede para repetir um trecho.

*A vida era um tempo misturado
do antes-agora-depois-e-do-depois-ainda.*

Antes de me desejar boa noite, ela me abraça forte, acho que o abraço mais forte de todos os que já recebi dela. E, como se o fantasma da morte a pudesse ouvir, dona Dora sussurra:

*O que será que vem depois
de tudo o que vivemos, filha?*

Ajeito seu travesseiro, puxo o lençol e a cubro como vô Pedro fazia comigo, na casa ao lado, quando eu era apenas uma menina sem pai nem mãe.

Dou-lhe um beijo demorado na testa e fico pensando, a gente ainda tem muita coisa para decifrar nos vestígios do tempo e nos sentidos de antes, agora, depois e do depois-ainda.

O vaivém das recordações

Dois metros quadrados. Executo um pequeno vai e vem, no meu varal de teto compacto não cabem mais que minhas roupas da semana, meu pijama, uma fronha, dois lençóis e meus resmungos.

Um domingo desses, ao abrir minha máquina de lavar, o aroma de saudade me levou direto ao quintal de casa. Não da casa do vovô, mas da minha primeira casa.

Eu brincava com os pregadores de madeira sob a sombra da nossa árvore mais alta, uma mangueira. Luci cantarolava algo, acho que um samba da Clara Nunes; mamãe tinha dois discos dela.

É água no mar, é maré cheia ô
Mareia ô, mareia...

Sambava com passos miúdos ao colocar com harmonia um jogo de cromias e tamanhos pelos nossos compridos varais. Não sei se me lembro da música que ela realmente cantava ou se essa fantasia quis se unir às minhas chulipas lembranças de criança.

Nosso quintal era grande. Fato é que *rebolo que deito e que rolo* com minhas memórias.

No mais, não sei se ela teve intenção, mas em uma das cordas bambas, mamãe dispôs um vestido rodado-curto e floral, uma calça social do Carlos e um vestido jeans que era meu. A brisa leve brincava com aquele trio tão familiar. Nossas roupas de passeio.

Enquanto isso, arquitetava uma ponte de pregadores para meu castelo de cartas — montado com o baralho do papai.

O sol da manhã abocanhava nossas roupas molhadas e matava sua sede. Primeiro, bebia a umidade das pequenas peças coloridas — matizando em cheio, com todo seu brilho-de-calor, as camisetas, bermudas, blusas, depois as camisas e saias.

Salão de beleza fechado, toda segunda-feira era dia de folga da mamãe. Dia de faxina, dia de lavar roupas, dia de cozinhar para congelar. Tarde de trançar meu cabelo, tarde de cortar minhas unhas, tarde de passar as camisas de manga longa do homem da casa. Noite de lavar atrás das minhas orelhas, noite de confeccionar brincos e de me colocar para dormir mais cedo. Fim de dia, momento em que ela podia colocar as pernas para cima, abrir uma cerveja e depois se esticar no sofá.

Nessa manhã, Luci parecia estar muito feliz. Era véspera do meu aniversário de cinco anos. Os preparativos estavam a todo vapor. Uma festa como ela sempre quis — e nunca pôde ter.

Assobios acompanhavam seu quadril. E seu bom humor nos banhava de alegria. Desligou o tanquinho. Após enxaguar, torcer e estender cada peça, ela se demorou um pouco dentro de casa. Voltou com lençóis, colchas e almofadas. Juntas, montamos um sonho.

Não, não era a barraca mais bonita que já vi. Ficou até engraçada. Para falar a verdade, acho que ficou brega mesmo. Nem de longe ficou parecida com as fotos de *faça você mesmo* que as mães de hoje adoram pesquisar.

Pegue mais brinquedos no caixote, filha.
Lia, o pão de queijo está em cima do fogão.
E os biscoitos estão nas latas grandes.

Para rechear os pães de queijo, Luci pegou mortadela na gaveta de cima da geladeira, onde eu ainda não alcançava. Pegou uma jarra de um litro. Rasguei o saquinho. Derrubei o pozinho. Minha mãe acrescentou água gelada. Aí, misturei bem com uma colher de pau. Pedras de gelo. Pronto! Suco de morango nada natural, o meu favorito.

Dois copos americanos mais a jarra de vidro foram acomodados numa bandeja com pratos e talheres descartáveis.

Nessa bandeja grande de inox, mamãe ainda organizou pequenas porções das nossas guloseimas. A torta salgada de liquidificador, assada por ela na noite anterior, foi nosso prato principal.

E a sobremesa foi uma caixa de Bis.

Em outros momentos, o tempo e o relógio viviam a me acelerar. Escola, banho, não pular as refeições, escovar os dentes, não me esquecer de fazer a lição, ir ao hospital, levar flores para Luci. Me lembrar de cada oração decorada na catequese. Brincar mais, estudar menos, comer de boca fechada, falar um pouco mais alto, tirar o lixo e lavar o banheiro. Encher o pneu da bicicleta. Recolher a roupa do varal, alimentar o Pirata, praticar meu inglês. Ouvir com atenção as dicas de pintura da Martha, lavar a louça, escutar os conselhos da dona Dora. Não me esquecer de trocar a água do vira-lata, arrumar a cama, nunca responder os professores. Não decepcionar o vovô.

Luci e eu ficamos ali por horas. Abrigadas pelo faz-de--conta. Sem pressa, nenhuma pressa. Decretamos folga para nossas obrigações.

Minha mãe voltou a ser menina e me deixou entrar no seu conto-de-fadas. A comilança não foi maior que minha felicidade ao me lambrecar, naquele momento, com essa invenção de fundo de quintal.

Como poderei viver
Sem a tua, sem a tua
Sem a tua companhia.

Quando o sol do meio-dia (a)tingiu nosso trio de roupas, bem no meio do terceiro varal, cores e sombras dançavam entre pregadores de madeira, terra batida vermelha, baldes, uma mangueira e duas meninas que gargalhavam e comiam pedacinhos de deleite com sabor de chocolate.

Luci modelou para mim bichinhos de barro com pés de palitos de dente. Tomei banho de mangueira. Não escovei os dentes. Entre almofadas com capas de fuxicos e crochê, naquele dia, adormeci no colo da minha mãe

— pela última vez.

O perfume do amaciante é o mesmo daquele colo úmido, é ele quem me leva e me traz de volta. A brisa adentra se divertindo com meu lençol e minha fronha do Piu-Piu e Frajola.

Saio da lavanderia em busca de sorvete no congelador. Não tem, então vasculho minha geladeira na busca de, como se diz, "qualquer coisa que possa aliviar a saudade".

Abro um Bis. Como o segundo. Saboreio mais um enquanto me divirto com o crack-crack dentro da minha boca.

O interfone toca, é da portaria, preciso buscar as correspondências. Que saco! Sei que são apenas boletos.

A caça e o casamento

Uma camisa branca do papai estava toda picotada em cima da mesa. Argolas, pedrarias, base para brincos, pérolas, pingentes e miçangas de várias cores e tamanhos estavam espalhados pelo chão da nossa cozinha. Não sei como, mas a tesoura de ponta da mamãe foi parar atrás da porta.

Eu estava na esquina de casa com minha bola nova e mais três crianças da rua quando vi meu pai arrancar seu Monza com tudo e sair cantando pneu.

Antes do acidente, eu era uma maritaca e vivia procurando diversão dentro e fora de casa.

Não demorou dois anos para eu entender que nem tudo era a festa que aparentava. Quando papai morreu, tranquei a pura confiança que exibia — e a enterrei a sete chaves no dia do funeral da mamãe.

Carlos não era indiferente nem um poço de afeto. Era simpático e afável desde que lhe fosse conveniente.

Naquela noite, saiu apressado com sua maleta, mas, antes disso, viajou por muitas cidades da região e municípios vizinhos de outros estados. A cada retorno, como ele trazia presentes e o clima parecia ser de festa, por um bom tempo confiei que eles viviam bem.

Até minha primeira ida ao cemitério, Carlos foi o super--homem da casa.

Cada vez mais, além da roupa suja, meu pai trazia problemas e menos dinheiro para cobrir as despesas. Luci dizia para ele que fazer bijuterias era um passatempo, que nem dava dinheiro de verdade, mas dava sim. Ela vendia no salão e aproveitava para ganhar uma renda extra. Era uma segurança a mais caso algo ou alguém nos separasse — dele.

As discussões do casal aconteciam cada vez que ele retornava, mas nunca presenciei nenhuma.

Na carta, minha mãe me lembra que, quando sentia que "o tempo ia fechar" entre eles, sempre inventava algo para eu fazer na rua. Comprar leite, dar um recado ao vô, buscar um remédio na farmácia… O que vi no fim do dia foi somente o desfecho de mais uma briga.

Penso na menina do ônibus que insistia em não cair no sono. Ela queria aproveitar cada minuto daquela viagem ao lado da mãe. Foi delicioso viajar perto delas.

Levo mais de um mês para tocar nessa carta de novo. Dobro as palavras da mamãe e as acomodo no meu peito sufocado. Fecho meus olhos nublados e me estico no sofá.

Não tenho pai nem mãe, filha.
E, com você tão pequena,
não ia encontrar refresco na rua.

Luci não arredou o pé. Aquela era sua família, seu lar, e todo seu suor estava em cada tijolo daquela casa financiada que ela ajudava a pagar. Aquele ainda não era o momento de partir nosso trio, era o que ela pensava, por isso trabalhou tanto por um amanhã.

O futuro sempre foi um tempo duvidoso. E não chegou para meus pais.

Quando Carlos e Luciana se casaram, vovô Pedro e mamãe queriam acreditar que ela podia mudar o Carlinhos, que, com Luci ao lado, ele viria a ser outro tipo de pessoa.

No começo, acho que até foi, ou tentou ser.

Ao menos foi o que minha mãe escreveu na carta. Algumas pessoas possuem buracos tão profundos que não conseguem se conectar de verdade com ninguém. Nem com a própria história. Carlos devia ser assim.

Quem sabe, por essa razão, meu avô Pedro tenha sempre se sentido responsável por nós duas. Por mais que ele e Carlos tentassem, nunca foram de fato muito próximos.

Naquela noite, eu entrei saltitante em casa. Ganhei uma bola enorme na gincana beneficente que aconteceu no centro comunitário. Luciana devorou o próprio choro em um gole só, jogou os retalhos da camisa no lixo, guardou a tesoura pontuda no armário da cozinha e me convidou para brincar de caça-miçangas.

Encontrei pérolas até embaixo do fogão. Fomos à caça! Mamãe tentou esconder sua tristeza no meu divertimento. Ganhei um pote repleto de pingentes de chupetas vermelhas, amarelas, azuis e rosas (o meu segundo prêmio do dia).

Nosso telefone verde militar despertou aquela pacata madrugada de segunda-feira. Era ele. Sonolenta, ouvi quando ela contou para papai, com um quinhão de alegria, sobre minha bola grande e lhe respondeu com um peso no coração:

Eu também, Carlos.
Boa viagem.
Beijos.
Tchau.

Achados e perdidos

Tomo um banho morno-demorado e, mesmo sendo brega, desenho um coração no box embaçado. A madrugada de paixão com a pessoa que me buscou na rodoviária deixa meu corpo aceso, mesmo após sua saída.

Desembaraço meu cabelo encaracolado com os dedos. Deixo o aroma do sabonete de alecrim e sálvia escorregar pelo meu corpo. Sem nenhuma afobação permito as carícias que as gotas mornas me fazem. E o espelho fica todo embaçado.

Amarro meu roupão, deixo a toalha enrolada no cabelo, do jeito que a gente vê nos filmes. Passo a tolha de rosto no espelho e

Vinte e oito anos, dona Lia!

Vou à cozinha e tomo um copo de água bem gelada na esperança de abrandar o desejo que ainda arde em mim.

O meu aniversário foi no sábado. Oito meses depois do episódio no banheiro do trabalho; vinte e três anos após a minha última festa. Comi a segunda e a terceira fatia do meu bolo de chocolate com recheio de Prestígio. A primeira foi para dona Dora.

Mando mensagem para avisá-la que cheguei bem, mas dona Dora me liga mesmo assim. Fala, fala, fala. Nem parece que ficamos grudadas durante todo o fim de semana. Chora mais um pouco, ouço até a fungada de nariz.

Ela faz a Piratinha se despedir de mim novamente. E me dá mais quinze minutos de broncas e conselhos calorosos, assim como os seus abraços.

De orelhas aquecidas, escolho um vinil para bailar comigo no toca-discos que comprei ano passado. Dedilho Clara Nunes, Elza Soares, Roupa Nova, Whitney Houston, Celine Dion, Cássia Eller, Milton Nascimento, Engenheiros do Hawaii, Nara Leão, Secos & Molhados, Cidade Negra, Pato Fu, Skank, Bon Jovi, Sandra de Sá.

Puxo a capa de Agenor de Miranda Araújo Neto. Tiro o LP do plástico com cuidado. Fico na dúvida do que ouvir primeiro.

Lado A ou lado B?

Faço um café esperto e sem açúcar. Coloco minha xícara da Frida Kahlo meio que transbordando em cima da mesa de trabalho. Ajeito a agulha para um beija-flor.

Pra que usar de tanta educação
Pra destilar terceiras intenções.

O aroma extraforte invade meu quarto. Abro minha pequena mala nova em cima da cama. Na volta, quero adquirir outra, maior, para carregar tudo o que puder comprar.

A viagem está programada para a semana que vem. Hoje deveria ser mais um feriado entre amigas, mas passarei sem Jana nem Niara. Minha afilhada esteve febril e elas não puderam viajar.

Aproveito para arrumar tudo com bastante antecedência. Mesmo assim, sei que vou acabar esquecendo algo.

As aulas começam daqui a três meses. Então terei um momento exclusivo para turistar pelo velho continente.

Meu coração-desnudo tem vontade de pular na cama, de gritar, de dançar. Meu trabalho será exposto em Paris com os quadros de mais quatro artistas brasileiras.

Parece que estou sonhando, duas aquarelas
expostas no Carrousel du Louvre.

No sábado, pedi e levei um senhor beliscão e um abraço apertado da Martha.

Quero postais e um souvenir, Lia.

A minha primeira arte-educadora continua perseverante. Ela nunca parou com suas aulas de pintura no centro comunitário da minha cidade natal.

Alguns ainda não acreditam quando mostro minhas telas e meu passaporte, mas está mesmo acontecendo, uma exposição e um doutorado em Artes me aguardam em Paris.

Guardo dois sabonetes na mala e uma toalha de mão que a dona Dora bordou para mim.

Parece que estou dizendo adeus,
mas é somente um até breve, dona Dora.

Começo a rir sozinha com algo que ela me contou. É que esqueci o lenço-talismã do vovô em cima do sofá dela; a Piratinha foi lá e comeu.

Preciso comprar lenços de papel.

Desta vez não vou deixar faltar, nem para as visitas aos museus.

Engraçado, enquanto reviro meu velho armário — no meu apartamento novo, bem lá no fundo, largado e emburrecido, encontro meu companheiro de tantas alegrias e temporais, o meu All Star preto de cano alto. Ele estava atrás da minha big mochila canadense. Ficaram uns bons anos de escanteio.

Deve ser um sinal. Lavo meu par com sabão neutro, deixo o cadarço e o solado limpinhos.

É vintage!

Diria Sheila se estivesse aqui comigo. E o par parece mesmo que acabou de sair da caixa. Meu companheiro de mudanças, de sol e chuva, de metrô e de busão, nunca entrou num avião.

Eu, sim, desfrutei de muitos voos.
E tirei várias fotos na janela.

Adoro uma promoção de passagem, mas será a primeira vez do meu All Star numa viagem de primeira classe, ou melhor, a nossa.

Guardo as cartas da mamãe na bolsa de mão, Luci me escreveu enquanto estava hospitalizada. A caixa do vovô foi a guardiã delas por um bom tempo. Abri apenas um envelope dela, restam seis.

O interfone toca. Estranho. Não esperava ver mais ninguém no feriado. Talvez sejam Sheila, Caio e Alice, acho que vieram se despedir. Sem me avisar, claro.

Atendo e minhas pernas vacilam. Não sei o que dizer. Eu pergunto três vezes para o Ismael se ele tem certeza.

Isso, ela se chama Rosa, Lia.
A senhora até me mostrou o RG.

Entro no elevador. Olho de relance para o espelho. No susto, vesti ao contrário a camisa de manga longa do meu pijama listrado 100% algodão.

Nada de entrar em pânico no elevador.

Conseguir um emprego, não perder o ônibus, ligar para o vô. Visitar o MASP. Não ficar presa na porta do metrô, limpar o apê, visitar dona Dora. Fotografar a praça do Chaves na Estação Corinthians-Itaquera e me concentrar no mestrado. Correr do Xuxu, o velhinho tarado mais mole que gelatina que vivia na pracinha do bairro.

Eu queria conhecer a vó?

Meu cabelo continua molhado, penteado daquele jeito, uma jogada para o lado esquerdo e uma ajeitada com os dedos.

Lia, ela disse que não vai sair daqui
sem falar com você.

Encaro a placa "Sorria, você está sendo filmado" e aco-modo meus pés nos chinelos de dedo com tiras azul-céu. Os números do painel parecem embaçados. Aperto trêmula o botão com a letra (T).

Quando a porta do elevador abre pela quinta vez, sinto uma revoada atravessar meu corpo

— eu sou a última a sair.

— dor não é amargura.

Adélia Prado

Cara leitora, caro leitor

A **Aboio** é um grupo editorial colaborativo.

Começamos em 2020 publicando literatura de forma digital, gratuita e acessível.

Até o momento, já passaram pelos nossos pastos mais de 500 autoras e autores, dos mais variados estilos e nacionalidades.

Para a gente, o canto é conjunto. É o aboiar que nos une e que serve de urdidura para todo nosso projeto editorial.

São as leitoras e os leitores engajados em ler narrativas ousadas que nos mantêm em atividade.

Nossa comunidade não só faz surgir livros como o que você acabou de ler, como também possibilita nos empenharmos em divulgar histórias únicas.

Portanto, te convidamos a fazer parte do nosso balaio!

Todas as apoiadoras e apoiadores das pré-vendas da **Aboio:**

—— **têm o nome impresso nos agradecimentos de todas as cópias do livro;**
—— **são convidadas a participarem do planejamento e da escolha das próximas publicações.**

Fale com a gente pelo portal **aboio.com.br,** ou pelas redes sociais (**@aboioeditora**), seja para se tornar uma voz ativa na comunidade **Aboio** ou somente para acompanhar nosso trabalho de perto!

Vem aboiar com a gente. Afinal: **o canto é conjunto.**

Apoiadoras e apoiadores

154 pessoas apoiaram o nascimento deste livro. A elas, que acreditam no canto conjunto da **Aboio**, estendemos os nossos agradecimentos.

Adriane Figueira

Adriane Garcia

Ágatha Helena de Freitas Urzedo

Alexander Hochiminh

Aline Bei

Aline Macedo

Allan Gomes de Lorena

Ana Karla Farias

Ana Paula Saab de Brito

André Balbo

André Pimenta Mota

Andreas Chamorro

Anthony Almeida

Antônio José Freire

Arnon Gomes

Arthur Lungov

Bianca Monteiro Garcia

Caco Ishak

Caio Girão

Caio Narezzi

Calebe Guerra

Camila do Nascimento Leite

Camilo Gomide

Carla Guerson

Carolina Nogueira

Cecília Garcia

Claudia Prado

Cláudia Regina Ricci

Cleber da Silva Luz

Cleire Teresa C. Teixeira de Azevedo

Cristina Machado

Daiane Kawano

Dalila Jora

Daniel Dago

Daniel Giotti

Daniel Guinezi

Daniel Leite

Daniela Alves de Alves

Daniela Rosolen

Danilo Brandao

Denise Lucena Cavalcante

Devair Muchiutti

Dheyne de Souza

Edson Arita

Eduardo Rosal

Emmanuela Zambon

Eva dos Reis Messias Brasileiro

Febraro de Oliveira

Fernanda Aline Pires

Flávia Braz

Flaviano Batista Ferreira

Francesca Cricelli

Frederico da Cruz Vieira de Souza

Gabo dos Livros

Gabriel Cruz Lima

Gabriela Machado Scafuri

Gael Rodrigues

Gedaias de Azevedo Carneiro

Gisele Alves

Giselle Bohn

Graciela de Souza Reis

Guilherme da Silva Braga

Gustavo Bechtold

Henrique Emanuel

Irene Santos

Ivone Vieira

Jadson Rocha

Jailton Moreira

Jarid Arraes

Jeniffer Cardoso

João Luís Nogueira

Joca Reiners Terron

José dos Reis Santos

Jovandir Batista

Júlia Vita

Juliana Costa Cunha

Juliana Maria de Almirante Freitas

Juliana Slatiner

Juliane Carolina Livramento

Juscelia Aparecida Ferreira

Laura Redfern Navarro

Leila Rosa Soledade Teixeira

Leitor Albino

Leonardo Pinto Silva

Lilian Flores

Lismeire Santos

Lolita Beretta

Lorenzo Cavalcante

Luana das Chagas Abrêu

Lucas Ferreira

Lucas Lazzaretti

Lucas Verzola

Luciano Cavalcante Filho

Luciano Dutra

Luis Felipe Abreu

Luísa Machado

Manoela Machado Scafuri

Marcela Roldão

Marco Bardelli

Marcos Vinícius Almeida

Marcos Vitor Prado de Góes

Maria Antônia Mourão B. Fonseca

Maria Áurea Zampieri

Maria do Rosário Neves Menezes

Maria Inez Frota Porto Queiroz

Maria Solange dos Reis Freire

Mariana Donner

Mariana Redd

Marina Grandolpho

Marina Lourenço

Marina Massako Wada Uemura

Marisha de Oliveira Santos

Mateus Torres Penedo Naves

Mauro Paz

Mel Neves

Menahem Wrona

Mic Paiva

Milena Martins Moura

Minska

Natalia Timerman

Natália Zuccala

Natan Schäfer

Otto Leopoldo Winck

Otto Winck

Pâmela Rodrigues

Paula Maria

Paulo Mantello

Paulo Scott

Pedro Torreão

Pietro Augusto Gubel Portugal

Poliana Guerreiro

Rafael de Moura Silva

Rafael Mussolini Silvestre

Rafaela Candido

Renata Ribeiro de Lima

Rodrigo Barreto de Menezes

Rosângela Machado

Séfora Oliveira

Sergio Mello

Sérgio Porto

Stefanni Marion Cechini

Sueli Matsumoto

Thaís Campolina Martins

Thais Fernanda de Lorena

Thassio Gonçalves Ferreira

Valdir Marte

Vanessa Passos

Vilma Ribeiro

Wanilda Maria Meira Costa Borghi

Washington de Aragão Brasileiro

Wellington Brasileiro

Weslley Silva Ferreira

William Brasileiro

Yvonne Miller

Outros títulos

1   Anna Kuzminska, *Ossada Perpétua*

2   Paulo Scott, *Luz dos Monstros*

3   Lu Xun, *Ervas Daninhas,* trad. Calebe Guerra

4   Pedro Torreão, *Alalázô*

5   Yvonne Miller, *Deus Criou Primeiro um Tatu*

6   Sergio Mello, *Socos na Parede & outras peças*

7   Sigbjørn Obstfelder, *Noveletas,* trad. Guilherme da Silva Braga

8   Jens Peter Jacobsen, *Mogens,* trad. Guilherme da Silva Braga

9   Lolita Campani Beretta, *Caminhávamos pela beira*

10   Cecília Garcia, *Jiboia*

11   Eduardo Rosal, *O Sorriso do Erro*

12   Jailton Moreira, *Ilustrações*

13   Marcos Vinicius Almeida, *Pesadelo Tropical*

14   Milena Martins Moura, *O cordeiro e os pecados dividindo o pão*

15   Otto Leopoldo Winck, *Forte como a morte*

16   Hanne Ørstavik, *ti amo,* trad. Camilo Gomide

17   Jon Ståle Ritland, *Obrigado pela comida,* trad. Leonardo Pinto Silva

18   Cintia Brasileiro, *Na intimidade do silêncio*

19   Alberto Moravia, *Agostino,* trad. André Balbo

20   Juliana W. Slatiner, *Eu era uma e elas eram outras*

21   Jérôme Poloczek, *Aotubiografia,* trad. Natan Schäfer

22   Namdar Nasser, *Eu sou a sua voz no mundo,* trad. Fernanda Sarmatz Åkesson

23   Luis Felipe Abreu, *Mínimas Sílabas*

24   Hjalmar Söderberg, *Historietas,* trad. Guilherme da Silva Braga

25   André Balbo, *Sem os dentes da frente*

26   Anthony Almeida, *Um pé lá, outro cá*

27   Natan Schäfer, *Rébus*

28   Caio Girão, *Ninguém mexe comigo*

EDIÇÃO Marcela Roldão

COMUNICAÇÃO Luísa Machado

REVISÃO Dalila Jora

FOTO DA CAPA Nane

PROJETO GRÁFICO Leopoldo Cavalcante

2023 © da edição Aboio. Todos os direitos reservados
© Cintia Brasileiro. Todos os direitos reservados

*Grafia atualizada segundo o Acordo Ortográfico da Língua
Portuguesa de 1990, que entrou em vigor no Brasil em 2009.*

*Os personagens e as situações desta obra são reais apenas no
universo da ficção: não se referem a pessoas e fatos concretos, e
não emitem opinião sobre eles.*

Dados Internacionais de Catalogação na Publicação (CIP)
Eliane de Freitas Leite — Bibliotecária — CRB—8/8415

Brasileiro, Cintia
   Na intimidade do silêncio / Cintia Brasileiro.
   -- São Paulo : Aboio, 2023.

   ISBN 978-65-85892-00-1

   1. Ficção brasileira 2. Memórias I. Título

23-177611   CDD–B869.3

Índices para catálogo sistemático:
1. Ficção : Literatura brasileira

[2023]

Todos os direitos desta edição reservados à:

ABOIO

São Paulo — SP
(11) 91580-3133
www.aboio.com.br
instagram.com/aboioeditora/
facebook.com/aboioeditora/

Esta obra foi composta em Adobe Garamond Pro.
O miolo está no papel Polén Natural 80g/m².
A tiragem desta edição foi de 500 exemplares.

[Primeira edição, novembro de 2023]